by Sophia

Sophia 作品集17

You Light Up My Life

雨落下的那一天，你朝我走來

00

時間真的是一件非常奇怪的事。

路蕎想著。

如同她總是喝不懂奶奶的那壺普洱，不明白經過十多年的醞釀換來的卻是多數人難以接受的風味，但奶奶從來不解釋，只在她皺起眉試圖抵去那殘留的味道之際，輕輕笑出聲。

「妳喜歡的梅子再一個星期就可以開封了。」

「今天就吃不行嗎？」

「沒什麼不行的，但是妳忍耐這麼久，不就是因為想吃到最好吃的醃梅嗎？」奶奶總是會給她明確的選擇，「如果妳開封之後不會一直想著，如果再等一星期就更好吃了，那今天就把醃梅當下午的點心也好。」

「算了，一個星期就一個星期。」

「說不定今天的醃梅子會比下星期的好吃喔。」

「什麼意思啦？」

奶奶靠在藤椅上，手上的扇子有一搭沒一搭地搧著，揚起的風有跟沒有差不多，但儘管如此還是帶來了一些不一樣的流動。

「醃梅什麼時候好吃，是我的經驗告訴我的，好不好吃也是我的口味，等妳學會醃梅子，妳就要自己找出梅子最好吃的時候了。」

01

冰箱裡的醃漬梅子快要過期了。

附近超市打折時買的，稱不上美味，卻能打發一些口腔裡亟需酸甜味的時刻，我想了想，還是吃掉了最後三顆梅子，喝光冷水壺裡剩下的水。

有些東西只會在打折時被放進我的購物籃。

我總是忍不住想，諸如此類的相遇，究竟是會讓我們的生活多了一些不尋常的餘味，或者增加了平時對想望的落差。

仔細清洗之後我把梅子的包裝盒扔進資源回收的袋子裡，有點後悔剛才的衝動，今天垃圾車不收回收。

「吃都吃了。」

我不是一個特別會陷入糾結的人，除了午餐吃什麼這類的問題。

搬回老家之後，最大的收穫大概就是我從午餐、晚餐甚至是點心該吃什麼的漩渦跳了出來，我用廚藝輾壓了這些哲學問題，從此我只需要在吃飯或者吃麵兩者之間拋擲出正面，再從清湯和咖哩取出背面，其餘的都只是把材料切段扔進湯鍋裡的事了。

脫離佔據我生命大量面積的糾結之後，我擁有了許多額外的時間，足以讓我進行一次完整的大掃除，並且趁著炙熱的日光，把屋子裡能曬的物件都曬了一輪。

包括我自己。

晴朗無雲的天氣不可思議地持續了整整一個星期，我也攝取了幾乎能抵上自己過往一整年份的日光含量，在擔心裸露在外的肌膚到底會黑上幾個色度之前，我更擔心討厭喝水的小滿會成為門前一座失去水分的雕像。

「喵——」

像是要提醒我「本大人還沒坐化，中午的罐頭一口也不准少」的語氣，捲成一團窩在窗邊假寐的小滿低低叫了一聲。

「我的存款都花在你身上了……明明只是隻流浪貓，居然非罐頭不吃，結果最後整條街上的人也都順著你，從這種方面來看，你真的很了不起。」

我一邊不滿地抱怨，抱怨中卻又不小心透露出欽佩，一邊打開已經變成小滿專用櫃的右邊櫥櫃確認貓罐頭的數量，正在我感嘆一隻貓擁有的菜色選擇居然比我廚房裡所能創造的排列組合更多之際，小滿又叫了一聲。

奉行節能主義的小滿任何的一個舉動都必然含有深意。

回頭望去，視線流轉在我所能及的每一個位置，結果最後，努力尋找細節的我卻忽視了天空那一大片無論如何都不應該被忽視的烏雲。

「啊！」

我的花布坐墊！

匆忙地衝向門口，在雨落下的前一秒鐘，驚險地收回了吸滿陽光氣味的坐墊，其中一個彷彿彰顯主人微妙審美的花布坐墊，是我小學三年級的家政課作業，也是我第一次送給奶奶的禮物。

後來我才知道，花布坐墊的原型比我所能想像的更加慘不忍睹，是這些年來奶奶反覆縫補、用那雙纖細卻不敵歲月的手小心地將坐墊留在身邊，不讓時間帶走。

可惜人總是留不下自己。

雨嘩啦啦地落了下來。

沒有預兆，又或者是我沒有掌握到預兆，總之，在我計畫之外的雨令人措手不及地滲進好不容易才沾滿日光的客廳。

「欸，小滿，你說，是不是我們的一切努力到最後都會變成一種徒勞無功？」

小滿沒有理我。

卻大發慈悲地擺了一下尾巴。

「算了。」我拍了拍小滿的腦袋，卻換來一個蔑視的眼神。「糾結再多也不能改變現實。」

反正今天的預定行程只有和小滿一起曬太陽。

改成和小滿一起看雨也不錯。

沒有想到，我單方面決定的行程被果斷地推翻，一天有大半時間都窩在窗邊的小滿突然站起身，展現出我從未看過的輕巧，簡直像隱世高人一樣，一眨眼就跳上書櫃最高處。

恰好是離我最遠的對角線。

原來，讓隨時都可能雕像化的老貓活動起來的要素，只需要有一個煩人的人類。

「真的是一點耐心也沒有。」

我忍不住笑了出來，人總是有這種壞毛病，明明是自己做出惹人厭的舉動，卻抱怨起對方沒有好好承接住自己。

如果每個人都能擁有貓一樣的逃跑技能，說不定就不會輕易地摔落了吧。

「既然下雨了，就來醃梅子吧。」

沒有邏輯。

但日子就我一個人過也不需要什麼邏輯。

從小就我時常被說做事沒有邏輯，又或者三分鐘熱度，思考總是跳來跳去，例如明明是為了買蔥油餅而拚命翻出學校圍牆，好不容易落地之後突然決定要趁午休結束之前搶到福利社限量的菠蘿麵包。

這其實也無傷大雅，人生裡大部分的事都是小事，沒有非得這樣或者那樣的必要性，拚命翻牆之後也還是能再一次努力翻牆回來；回望我整個人生裡，唯一不斷因此受傷的，大概只有老是被我拖著東奔西跑的小諒。

他既不喜歡吃蔥油餅，也不喜歡菠蘿麵包，卻因為我的零用錢不夠每次都必須跟我對半分，更被迫成為我的翻牆小夥伴。

小諒不喜歡醃梅。

硬要說起來，任何跟酸味掛鉤的食物他都不喜歡，酸甜、酸辣或者酸苦，總之他都一律拒絕，這樣的他，卻拚命談著一場又一場酸澀的愛情。

「機會難得，寄一罐醃漬好的梅子給他吧。」

就當作他上個月特意請假幫我搬家的謝禮。

至於他如何看待我的感謝，這一點我從小就不是很糾結。

「小滿，我要出門買梅子，你有要我帶什麼回來嗎？」

一如既往地沒有任何回應。

幫牠帶一瓶好喝的水吧。

看著小滿痛並快樂著地享用加了水的貓罐頭，是我搬回老家之後為數不多的娛樂之一。

我拿了掛在廚房門後的購物袋，挑了傘桶裡最大的那把藍色雨傘，在拖鞋跟雨鞋之間耗了一些腦細胞，最終拖鞋以「不需要穿襪子」這一點驚險勝出。

推開門的那一剎那，如海潮一般的水氣迎面而來。

是雨的氣味。

「整整一個星期的太陽光，簡簡單單就被一場午後的雨覆蓋了呢。」

藍色大傘比我想像的還要重。

我忽然想起離開台北的時候也下了一場突如其來的雨。

搬家的決定非常倉促，連同辭職也是，房租押金不得不成為違約的代價，但有些時候，遷徙是極其必要並且急迫的。

任何一份道別都沒給出去，唯一跟我說再見的是租了好幾年房子的房東，他給了我一袋從舊金山帶回來的巧克力，卻要走了我買的衣櫃。

網購的紙箱到貨之後，我打了電話給小諒。

「欸，後天有空嗎？幫我搬家。」

「星期三要上班，這種常識妳應該知道吧。」

但小諒還是按響了我租屋處的門鈴，沒有抱怨我的心血來潮，也沒有要我感激他頂著壓力臨時請了假，只是從開門到抵達老家，他不斷地、非常努力不懈地貶低我的分類能力和收拾的完整度。

尤其他的嫌棄在某一箱衣物像驚喜箱一般猛然迸發開來之後達到頂點。

也就是在那一刻，雨忽然滴了下來。

我不得不衝進最近的一間賣場，買了現場最大的一把傘，因為小諒除了不喜歡酸味，更無法忍受被雨淋濕。

搬家有驚無險地結束了，小諒待到雨停就走了，他大概不願意看到整個屋子都塞滿隨意分類打包的紙箱和提袋，又或許擔心下一秒我就開口讓他幫忙一起整理。

人其實都是這樣的，對於難以預料的事總是習慣設想自己不願意的選項，於是比起勇往直前，更輕易地轉身折返回來時的路途。

總之，一把花了我九百九十元的大傘，不多用幾次實在讓我良心不安，結果幾年下來，我居然也習慣拿起這把重得要命的傘。

幸好市場不是太遠，但我花了一點力氣才找到販售新鮮梅子的攤位，憑藉不牢固的記憶挑了幾捧的量，最終卻被老闆娘以湊個整數為由打亂了好不容易聚攏的記憶。

還額外被推銷了一根蘿蔔和一把小白菜。

算了。

記憶本來就是一種半融蝕在時間裡頭的東西，握不住飄蕩的尾端也是一件理所當然的事。

唯一可惜的是在我估算重量之後，忍痛放棄了打算帶給小滿的瓶裝水。

「替你留了一罐醃漬梅子。」

雖然還沒動手，也無法確保成功率，但我依然一邊用肩膀夾住雨傘，艱難地傳訊息給小諒。

三秒後我得到一個不太雅觀的貼圖。

「好重。」

不當的姿勢加重了藍色雨傘帶來的負擔，又或許是雨勢猛然加劇，彷彿有一座瀑布正毫不留情地從我頭頂灌注而下，雨傘擋去水氣的同時似乎也放大了雨的本身，還揉合一絲青澀的梅子氣味。

幸好我選了拖鞋。

所以能維持一種無所謂的姿態坦蕩地踏過這場雨。

砰——

我的感想還沒落進腳邊的水窪，忽然一道不容忽視的聲音強行闖進傘下、應該只屬於我的封閉世界。

「嗯？」

雨幕讓眼前的畫面顯得過於朦朧並且失真，有一瞬間我以為只是錯覺——不遠處，一道身影狼狽地摔落在粗糙的路面，另外兩抹人影正兇狠地踹著地上的人。

大雨。施暴。目擊者。

簡直像電影毫無新意的元素組合，但實際端放在現實的公園一隅，便顯得過於刺激。

我其實可以快步離開。

又或者躲藏起來當作一個影子裡的通報者。

但不知道從何而來的衝動，我丟失了本應該牢牢安放在我手心的理智，不僅沒有遠離，反而快步走近，凝聚悶塞在胸口的憤怒，咬牙大喊——

「我報警了！」

「不要再打了——」

施暴的兩個人確實停下了動作，然而現實總是比想像更加骨感，短暫的沉默之後是大雨沖刷不去的惡意，我被其中一個平頭男人猛然推倒在地，新鮮的梅子終究沒躲過這一場雨。

「少管閒事！」

我的視線落在被雨毫不留情撲打的梅子上，隱約的香氣似乎跟著逸散在四周。

命運。大概是這個詞吧。不知為何我忽然這麼想。

遮蔽雨水的傘也跟著翻覆，雨聲、水氣，或者其他的什麼，在那一瞬間，劇烈而洶湧地朝我撲來。

似曾相識。

「滾——」

低啞的嗓音有如一頭掙扎的小獸，被擊倒在地的男人奮力地爬起身，不清楚是出於什麼樣的心思，纖長的身影牢固地擋在我的前方。

可能也沒什麼用。

在危急到難以消化的情境之下，我反而有一瞬間的分神，視線落在一顆被暴徒踩爛的新鮮梅子，我不免產生了一種可惜的心情。

明明能成為美味的醃漬梅子的。

這樣想著，對面的傢伙顯得更加難以饒恕了。

我趁隙撿起被泥濘弄髒的蘿蔔，拿出扔擲鐵餅的姿態，狠狠地丟向右邊的暴徒，啪的一聲，蘿蔔大概無法預料到自己一生最燦爛的時刻居然不在餐桌，而是在一個壞傢伙的腦袋上。

「快走！」

還沉浸在蘿蔔攻擊的尾韻，詭異的成就感爬上心頭，我的手腕忽然被一道熱燙的力量拉著往前走，等我回過神來，我發現自己正在雨中上演日劇跑。

情況從糟糕到難以理解。

「為什麼我們要跑？」

「不跑妳打得過他們嗎？」

「我們跑了，警察來了之後就抓不到人了。」

他沒有繼續接話。

在數不清第幾個街角，男人終於停下奔跑的大長腿，濕漉漉的站在距離我甚至不到一步的前方，雨水不留一絲縫隙地落下，我抹去臉上阻礙視線的水痕，忽然發現，眼前的人有一張過分好看的臉。

我愣了一下。

不僅僅是因為那張被雨打濕又抹上血痕的斑駁臉龐，他的眉眼太過幽深，長相精緻得簡直不應該是出現在一般人日常的程度，更重要的是，他也許不是一個男人，而是一個、少年。

可惜我還年輕，體內沒有太多的母性，也恰巧沒有太過熱衷男人的美貌，我更在乎的是——

「我的傘……」我幽幽嘆了一口氣，忍不住低聲喃唸。「本來打算用個十年的。」

少年的神情有些困惑。

我撇了撇嘴，不只是傘沒了，蘿蔔也沒了，梅子剩下一半，唯一倖存的只有一把泡水小白菜；人全身濕透不說，膝蓋大概是破皮了，最難忍的是早上才剛洗的頭髮此刻有如海藻緊緊黏在我的額頭和臉頰。

「妳留個電話吧，妳損失的東西我會賠償。」

我不想洗頭的心你能賠償嗎？

顯然是不行的。人時常以為自己能夠做些什麼來彌補失誤，事實上卻只是一種虛浮的安慰。我情緒不太好，卻沒打算遷怒，眼前的少年既沒有向我求救，也沒有棄我不顧，甚至還展現了責任感。

這一切的起點並不是因為少年遭遇了暴行，而是我決定上前干預，隨之而來的各種結果都是我應當承受的。包括再洗一次頭。

然而我並不是一個內心懷抱著一朵白蓮的善良女人，在合理的範圍內，我決定多少索取一些報酬，不為了那些再也無法更加美味的梅子，也至少要能對得起蘿蔔的壯烈犧牲。

「你會煮麵嗎？」

「妳說什麼？」

我拿高手中的購物袋，小白菜的綠色葉子顯得非常委靡不振。「但是只有小白菜和蛋。」

世界偶爾會蒙上一抹玄幻的色彩。

例如從小我和小諒一起抽籤，他總是能拿到最好的那一支籤，而像要取得平衡一般，最差的那一支籤便會落在我的掌心。

例如無論前一秒天氣再糟，只要奶奶決定出門，天空的陰霾便會悄然散開。又例如此刻。

相同的白瓷大碗，相同的市售麵條，來源也是相同的廚房，為什麼擺在我面前的雞蛋蔬菜麵散發一股其實我不配吃它的香味呢？

「你做了什麼事？」

「什麼意思？」

和少年從相遇至今，短短不到兩個小時，他精緻卻顯得有些削瘦的臉龐已經浮現了各種型態的困惑，然而他的表情總是極快地消逝，絲毫沒有展現多一絲的好奇心，淡漠地任由情況朝向任何一條路途拓展。

彷彿眼前的路通往哪個方向他都不在乎。

我能理解。畢竟青春期的我也差不多長這副討人厭的德行，還沒人家可愛。

「分一半給你吧。」

「不用。」少年有問必答，卻清楚地劃出界線。「我已經履行了妳的要求，我要走了。」

「我怕你動手腳。」

少年皺起眉。

「介入你的事是我一時衝動，但我也不是隨便帶一個陌生異性回家的傻白甜。」在少年回話之前我繼續說著，「雖然我傾向你能懷抱著光明，將狀況解讀成我擔心你感冒，才邀請你喝一碗熱湯，這對你的成長會好一點；但我也知道，這世界上大部分的善意背後都附加著讓人更難承受的後果。」

我把碗推到他的面前。

「請你分裝成兩碗吧。」我輕輕揚起笑，看著他濕答答的狼狽模樣。「如果我足夠善良的話，就不會放任你穿著濕透的衣服，也會想辦法替你的傷口上藥，不過很可惜，我的善良存量只有大概一瓶養樂多的量。」

「為什麼是養樂多？」

少年關注的點果然很奇妙。

也很準確。

我輕輕嘆了一口氣，真誠而無奈地告訴他。

「因為最便宜。」

02

雨又斷斷續續地下了兩天。

終於放晴之後，我決定再去一趟市場，趕在季節結束之前重新買一袋梅子。

踩著拖鞋踏上和那天相同的路。

其實也沒有別條路好走。

今天我穿了涼鞋，不同材質的鞋子踩在相同的路面上會帶來微小卻難以忽視的差別感，媒介，小諒很認真分析過這種感受；如同他的某一場短暫卻猛烈的愛情，對象是一個我無論如何都不覺得會和小諒產生火花的濃豔女人，但對方喜歡尤金．歐尼爾，小諒不斷強調這一點。

「跟只說得出村上春樹或是海明威的妳不一樣。」

「其實你不用這麼認真強調這一點。」我非常不真誠地笑了下，「換句話說，如果我也喜歡尤金．歐……總之名字不重要，如果我也喜歡他，那表示你也會把我當作戀愛對象嗎？」

「沒發生的事情我不會隨便給出結論。」小諒頓了幾秒，並不是在斟酌用詞，而是他把大部分的注意力擺在「叉起聖女番茄」上。「但是妳……妳先把名字說對再來討論。」

小諒對我的鄙視總是直白得令人感到無比安心。

縱使世界末日逼近，運動神經差的小諒就算來不及登上方舟，也會奮力將他的鄙視拋來跟我一起迎接新的未來。

……一個人的未來裡面，能確保的只有自己。

我停下腳步，緩慢地收回發散的思緒，視線掃過四周，乾透的地面上除了一個麵包塑膠袋垃圾之外沒有其他值得一提的存在。

「也是，要是我看見一把堅固的傘被扔在地上，一定也會不小心帶回家的。」

本來就不抱希望。

雖然是這樣想，但我們總是一邊懷抱著「不抱希望」的念頭，一邊又隱隱期盼能撿回藍色大傘，人真的是很難理解的生物。

我不禁想起那天的少年。

少年使用過的廚房看不出一點變動，彷彿他非常擅長於隱匿自己曾經存在的痕跡，在我開口前他也已經將碗筷清洗得乾乾淨淨，除了從濕透的衣褲暈染的地板水痕之外，他消弭了關於他到來的一切。

水漬乾透以後便什麼也不剩了。

要不是我意志堅定，差點都要以為關於鬥毆、少年和一碗奇蹟般的湯麵，是我為了縫補弄丟雨傘的破碎內心而編造出來的謊言。

但有些事情是真是假都無所謂。

我更在乎的是為什麼梅子可以在短短三天內一斤漲了五塊！

「生活對我真是太不友善了。」

有了五塊價差之後，醃梅子忽然從一件心血來潮的活動升級成必須謹慎對待的大事件。

於是我蹲在玄關跟小滿一起又研究了半小時的食譜。

沒錯，我一次都沒有獨自醃漬過梅子。

儘管從小都繞在奶奶身邊，步驟或者材料我瞭若指掌，然而當腦中閃現「這次就只有我了啊」的念頭之後，面前的自信瞬間崩塌一地，彷彿我以為的堅固堡壘，其實只是一座沙堡。

反正有奶奶在。

不需要明說卻有如世界規則一般的信念深植在我內心深處，儘管我們都明白那並不會持續到天長地久，卻依然以懷抱著永遠的心來恣意地對待。

「要聽見梅子的聲音啊。」

「梅子根本沒有聲音。」

「等妳願意聽的時候，那些聲音才會真正產生意義。」

但結果到最後奶奶也沒告訴我，要是當我們願意聽的時候卻發現身旁不再有聲音又該怎麼辦？

「喵——」

小滿不耐地叫了一聲，輕巧地掙脫我的箝制，好吧，貓確實不應該盯著手機螢幕太久。

站起身，我一動也不動地站在原地，等待佔據雙腿的麻痛感慢慢退去，我不是一個會逼迫自己忍受疼痛也必須前進的人，這沒有必要，雖然小諒是這樣的人但他卻難得地肯定了我的理念。

「痛苦不一定會讓妳走得比其他人更遠，何況妳沒有打算走多遠。」

「我聽得出來你在迂迴地說我很廢。」

「不是，嗯，不完全是。」

那時候的我們站在奶奶的靈堂角落，看著葬儀公司的人迅速並且果斷地拆除為了奶奶而搭建起的一切事物，包括加價添購的桔梗和波斯菊。

「有一類的人天生就盼望遠方，連出國旅遊也會優先選擇非洲大草原或者阿拉斯加，妳大概是站在另外一端的人，比起地圖上遙遠的某一點，妳更傾向找到一處安穩的、不在地圖上的一張椅子。」

我沒有接話。

小諒也沒有繼續往下說。

有些話其實也沒必要一字一句清楚地闡明，正如想遠行的人不一定能抵達非洲大草原，想尋找椅子的人也不一定能有位子坐下。

我又踢了踢腿。

不麻了。

正當我準備走向廚房，身後卻傳來兩聲敲門聲，普通而單調，在這條巷弄裡卻顯得格外不尋常。

畢竟這條街的鄰居都習慣以嗓音代替手腳。

我轉過身，看見我以為再也不會再見的少年正站在門口，手裡還拿著一把傘。藍色的、價值九百九十塊的傘。應該。

「妳的傘。」

「謝謝。」

少年將傘遞給我，嚴格來說這其實不是我的傘，而是一把同樣款式的新傘，沒有價格標籤，也許因為是舊款降了價，又可能因為通膨提高售價，我想我得不到答案；我猜想大概是由於這份模糊的浮盪，此刻握在我掌心的這把藍色大傘和我記憶中的重量產生某種細微卻決定性的差異。

我稍稍抬起頭，還來不及將游離的詞彙組成一句適當的句子，陰沉的天空就以雷聲替我給出了回答。

雨又嘩啦啦地傾倒而下。

非常不合時宜地，躍進我腦中的第一個念頭居然是高中背的英文片語。It

rains cats and dogs。如果是小滿從天上掉下來，眼前的纖弱少年八成會被壓扁吧。

「你有另一把傘嗎？」

「沒有。」

「那就進來吧。」說完我逕直轉身走進屋內，「借你傘又得回來還一趟，來來回回的，牽扯多了就變麻煩了。」

少年沒有對我的話發表任何感想，卻乖巧地關起了門。

我沒有問他的名字，他也沒有對這間屋子的人事物有更多的探究，儘管如此，少年多少有些侷促不安，小滿也沒有招呼客人的意思。

忽然我想起少年端出的那碗奇蹟的湯麵。

「你會醃梅子嗎？」

「不會。」

「真巧。」我無所謂地聳了聳肩，「我也不會。」

秉持著負負得正的信念，也發揮絕不分送不求回報的善心的堅持，少年理所當然地成為了醃漬梅子的勞力之一。

我和少年分站流理台兩邊，仔細並且謹慎地清洗梅子，漲價後的梅子總是不一樣的。

流水的聲音嘩啦啦的，窗外的雨聲也是嘩啦啦的，吵雜的氛圍越發突顯我跟少年之間的靜謐。

「梅子洗乾淨之後要用鹽搓揉、沖水，正式醃漬之前還要曬個一天。」我看著貼在冰箱上的食譜，語氣有些漫不經心。「你可以在這裡待一天吧。」

少年旋緊水龍頭。

修長的手俐落地瀝乾梅子的水分。

「嗯。」

沒有起伏的一個單音成為落進水槽的最後一滴水分。

少年從陌生人的角色，多了一張「看守梅子」的標籤紙。

冠上看守梅子的頭銜之後，少年便合理地在屋子裡擁有一個座位。

奶奶過世前家裡有很多張椅子，附近鄰居總是把奶奶家當作消磨時間的據點，他們各自帶來自己的椅子，來去幾次之後嫌麻煩就直接擺著了，一直到我搬進來之後，鄰居老人們才像想起什麼一樣，陸續將椅子領回去。

也就是那一瞬間，我終於徹底意識到，其實一切都不一樣了。

少年在一張藤椅上坐下，那是奶奶的位置，所有的來客、包括我和小諒都不會坐進那張椅子，或許因為這樣，總感覺屋子裡始終存在著某個空缺；少年迎向我的目光透著一絲困惑，我搖了搖頭，抬手指向廚房。

「請你照顧好梅子，廚房你可以隨便用，冰箱裡的食物也都可以吃，晚上就麻煩你將就一下窩在沙發，不要上二樓其他都可以。」

頓了幾秒，我走向書櫃抽出幾本書。

多少有點惡趣味，但日常生活中的樂趣總是需要我們自行挖掘的。

「無聊的話這邊有書可以讀。」把書擺在餐桌上，我特別在其中一本上點了兩下。「我推薦這一本。」

尤金·歐尼爾。收穫小諒鄙視的當晚我全然不顧生活費的收支平衡，衝動地在網路書局下單，我試著讀了幾次，但沒有一次翻到結局。

少年垂眸似乎正在進行深奧的思考。

「嗯。」他的唇角若有似無地輕輕扯動，「我讀過。」

我的表情有一瞬間的裂解。

很好。

受到一萬點傷害是我自找的。

我神情自若地點頭，強勢地轉移話題。「午餐時間到了。」

從有限的幾次接觸判斷，少年是個非常會讀空氣的孩子，果然，他非常乖覺地站起身，絲毫沒有猶豫地走向廚房，流暢地打開冰箱，下一刻行雲流水的動作卻止住了。

少年面無表情地瞅著我。

不知為何我的心底滲出一點難以名狀的心虛，後知後覺地想起來，空蕩蕩的冰箱裡除了剩飯之外，只有幾顆倖存的蛋和三根枯萎的蔥。

「蛋炒飯可以嗎？」

少年背後的標籤立刻從「梅子看守者」升級成「梅子看守神」！

「可以。」

沒有一秒停頓我重重地點頭，本應該退守客廳的我懷抱著景仰的目光緊緊盯著少年的一舉一動，切蔥、打蛋、熱油、炒蛋，接著精準地倒入剩飯，最後以醬油調味，明明跟我炒飯的步驟一樣，成品卻飄散著我從未嗅聞過的香味。

——要好好聽梅子的聲音。

奶奶說的話浮現在廚房的煙火之間，我抿了抿唇，忽然有些意興闌珊。

少年再度坐進藤椅。

「你先吃吧。」我的笑容有些勉強，「我先去餵貓。」

蛋炒飯的氣味很快地消散在屋子裡，青梅的澀味卻始終縈繞在每個人的鼻尖。

少年纖長的手指緩慢地翻著書，窗外的雨勢依舊滂沱，一眼望去往不到路的彼端，也看不見天晴。

我忽然有些坐立難安。

並不是後知後覺地意識到被雨幕包覆的孤男寡女透著一絲危險，單純是我發現自己還沒做好跟誰在這間屋子裡獨處的預備，大概，這也是小諒每次來去都顯得匆忙的原因。

「小滿，你可以理解對吧。」

蹲在角落我誠懇地跟貓溝通，拒絕回應的貓在我把儲物櫃的櫃門拉開之後終於施捨我一個眼神。

不需要太過擔心，貓總是能過好屬於自己的生活。

拍了拍膝上不存在的灰塵，我無聲地嘆了一口氣。

「我忽然有點事要出門，今天晚上沒辦法回來，除了梅子之外要額外把貓交給你了。」我把貓罐頭放往餐桌，「你起床的時候把貓罐頭倒進貓的碗裡就好。」

作為交換，我忍痛又從儲藏櫃裡拿出兩包泡麵，還是有肉的那種。

我把泡麵推向少年。

「你肚子餓可以吃這個。」

少年瞥了一眼窩在沙發的貓，說不定正暗自較勁誰比較高冷，又可能正想著他晚上的棲身之所沾滿了貓毛。

我咬牙又加重了籌碼。

「沙發對你有點小，二樓客房有一張單人床。」

「我睡沙發就好。」少年抬起眼，幽深的黑眸是我看不透的深潭。「貓我會記得餵，不會上二樓。」

下一刻，少年把泡麵拿到自己手邊。

乖覺，又非常擅長拿捏分寸。

斂下眼我把準備好的話語又吞嚥回去，「這麼大的雨，晚上會有點冷，記得喝點熱茶。」

少年停頓了很長一段時間，唇角翹起一抹不易察覺的弧度。

「好。」

少年還的傘似乎比我記憶裡的傘更重了一點。

繃緊的傘面將傾盆大雨隔絕在外，如同兩個緊密相連卻又切隔開的世界。

踏著雨我拖著腳步往前移動，有些荒謬又有些好笑，一邊強調自己不是傻白甜，卻把住處留給一個陌生的少年，自己冒著大雨在夜裡的街道徘徊。

大概因為雨下個不停吧。

「真麻煩。」

也許是人心。又也許是我自己。

走了一段不遠的路，儘管穿上雨鞋但褲腳依然濕了大半，水氣得寸進尺地試圖向上爬，在雨水攻下膝蓋之前我先一步踏進了騎樓。

藍色大傘夾帶著大量的水分，滴滴答答地順著階梯往地下室蔓延，我看了一眼明滅不定的招牌，以及那扇店主打死也不肯花錢換掉的老舊鐵門，無奈地嘆了口氣。

如果說小諒自我介紹欄位的專長能夠得意地填上「鄙視路蕎」，裡頭那個傢伙就能毫不猶豫地寫上「嘲笑路蕎」。

不巧，我剛好是那個路蕎。

「歡迎光——」

我連一句完整的迎賓詞彙都不配擁有，程安瞥見我走進店內，便揚起似笑非笑的表情。「獨居太久終於按捺不住寂寞了嗎？」

「想得到免費勞力就閉嘴。」

「不是我得意，我店裡的來客數根本不需要第二個員工。」

「呵。」

程安的嘴巴很壞，手腳卻俐落地從櫃子裡拿出浴巾和換穿衣物，不客氣地塞給我。

「不要弄濕我的地毯，我昨天才剛請人來清過。」

等我換好衣服，還在糾結T恤上過度甜美的美樂蒂，吧檯早已擺上一杯熱氣蒸騰的棉花糖可可。

「就給我一杯美式不行嗎？」

「愛喝不喝。」

「我今天睡這裡。」

「廁所給妳掃。」程安瞄了我一眼，示意我快點喝飲料。「可可沒喝完的話，地也歸妳拖。」

我只好認命地、小小口地啜飲甜得太過頭的高糖分飲料。

程安從來不會探究我的來意。

正如同他砸下所有積蓄費力地在地下室營業起這家夜間營業的咖啡店一樣。

——看不見太陽的時候，總會有人需要一個去處。

那時的程安喝了好幾杯威士忌，趴在桌上幼稚地嘲笑不勝酒力的小諒，但其實我們三個誰都沒有好過誰，小諒剛經歷慘烈的分手，程安的創業夥伴捲款逃走，而我則被離婚的爸媽當作不知如何分類的紀念品。

三個人躲在 KTV 包廂喧鬧，彷彿有了一個夜唱的名義我們就會顯得不那麼可憐。

「為什麼一定要找到理由呢？」

「死要面子吧。」小諒迷茫地、卻固執地替花生剝下褐色的膜。「反正我是說不出口自己沒地方去、或是不知道該去哪裡這種話。」

「我以後要開一間咖啡廳，讓人能夠安心地在裡面等太陽升起。」

「不過還是要付錢吧。」

「當然要付錢。」

「不過你的錢都被捲走了吧？」

「你們先借我。」程安勾住我和小諒的脖子，體溫高得燙人。「我可能會還。」

意識混亂之中我和小諒都掏出了錢包，合計被搜刮了兩千一百塊，程安到現在始終沒主動提起這筆債務，但我和小諒多少還是會以這間咖啡廳的股東自居。

畢竟是自己投資的店，掃個廁所也沒什麼。

「你這間店真的會賺錢嗎？」

「膚淺。」

「喔，那就是沒有。」

「說得妳就沒有坐吃山空一樣。」人們總是在互相慰藉與互相傷害之間選擇了後者，我冷哼了一聲，他卻露出真切的擔憂神情。「妳在門口擺那些手工飾品，真的會有人買嗎？」

「當然有！」

我堅定地和程安對望，在亙久的凝視之中我們終於放棄了踩踏彼此的傷口，默契地結束話題。

「最近還好嗎？」

「還可以。」我伸了個懶腰，「反正就是學著好好過生活吧。」

深夜的店內非常安靜，有幾個徹夜讀書的學生，有幾個頭靠著頭低聲交談的人，還有另外幾個彷彿等待時間走過的人。

程安取了「天光」當作店名，卻是一間晚上八點營業到隔天清晨的夜間咖啡店，他說，在我們所不知道的地方，總是有一群人在等候天光，曾經的他只能茫然徘徊數著時間，想著，假如有個能好好坐下，安靜迎接天亮的地方該有多好。

他找不到這樣的地方，索性自己創造一處。

「不擔心妳的貓嗎？」

「牠比我還會過生活。」

程安泡了一杯非常濃的咖啡，馥郁的香氣氤氳在整個空間，他分了半杯給我，接過馬克杯我沒有拒絕，踏進這間咖啡廳的人總是做好了徹夜不眠的預備。

「有人會照顧小滿。」

「男人？」

「……不太算。」我回想少年那張沒被時間消磨多少的美好臉龐，卻又擁有一雙過於沉靜幽深的眼睛。「應該成年了。」

程安給了我一個無言的表情。

「他感覺像沒地方去一樣。」我輕輕扯動嘴角，「至少我還有幾個能去的地方。」

「是嘛。」

儘管在路上隨便拎一個人出來，對方都可能蹙起眉批評我過於天真荒謬，但程安不會，任何人的任何舉動都不可能被另一個人百分之百地理解，原話很拗口，我卻一個字一個字清楚地記了下來。

「帥嗎？」

「比你跟小諒加起來還高分。」

程安理解地點點頭，也不知道他理解了什麼。「不過分數還不夠妳跟他過一夜。」

「都不知道人家成年了沒耶，整天腦袋不知道在想些什麼。」

「愛情沒有限制。」

「警局的門也永遠不會關。」

「好喔，所以是法律限制了妳。」

懶得回話，我直接把抹布扔往他的頭上，他擺出帥氣的姿勢卻根本沒接到抹布，我們忍不住笑了出來。

或許有些時候我們就是需要像這樣毫無營養的對話，既沒有指向，也不需要落點，簡簡單單和某個人對話，內容不重要，朝彼此說出話語就足夠了。

真好。

「下次找小諒一起唱歌吧。」

「他快失戀了吧。」

「不知道，他只會告訴我結果。」

小諒很少跟我分享戀愛話題，也許是感覺彆扭，又或許是我給不出有用的建議，然而他每次都會第一時間傳訊息通知我，「我有女友了」、「分手了」……簡直像工作回報一樣。

「咖啡有點酸。」

「新豆子。」程安托著腮，望著角落的情侶。「有一個女客人的，她很久才來一次，每次都跟不同男人一起來，而且跟她來的男人都會自己先離開。不管幾點到，她都一定會待到關店的時間，有一次她在結帳的時候突然跟我說了謝謝。」

「她說她把我的店當作分手的聖地，戀情結束了，男人離開了，但她不管多難過，只要安安靜靜地坐著，就會等來天亮。」程安低頭凝望褐黑色的咖啡，掩去了他的神情。「妳覺得回家之後，那個男孩還會在嗎？」

我聳了聳肩。

「不知道，反正貓會在。」

「也是。」

「奶奶說過，人啊、常常想立刻得到答案，可是走去確認答案的那段路，往往才是最重要的。」我輕輕笑了，「何況，不管我們想不想揭曉，走到底都得看見答案。」

天總是會亮的。

時間就是這樣的一回事。

關店之後，我在程安店裡的休息室一口氣睡到了下午，醒來的時候迷迷糊糊的，花了一段時間才搞清楚狀況。

地下室的時間感非常薄弱，既沒有自然光，也感受不到風的流動，甚至連雨的聲音都聽不見，我看了一眼電量即將告罄的手機，兩點十七分，還有一則網路商店的促銷廣告，除此之外沒有任何人聯繫我。

「肚子好餓。」

程安的店裡沒有像樣的食物，我吃了幾塊餅乾墊胃，拖著虛浮的腳步爬上一樓，當然我記得帶走藍色大傘。擺了一夜的傘還沒乾透，但雨已經停了。

我想起家裡那個跟貓一起躲雨的少年。

「也不知道還在不在。」

我忽然笑了出來，「薛丁格的貓和少年。」

一邊回味著微妙的冷笑話，沒有小諒的鄙視眼光總感覺少了一些醍醐味。

拐進公車站牌旁的連鎖超市，俐落地將兩人份的食材一一扔進購物籃，我購物的速度一向非常迅速，畢竟我所能掌握的食材比我會做的物理題還要少。

但我多拿了一顆特價的栗子南瓜。

因為促銷的阿姨不斷強調「蒸熟就很好吃」，我想了幾秒鐘，不過就是在電鍋裡加杯水的事，我沒道理會搞砸。

「貓好像也能吃南瓜吧……」

——欸，妳覺得對方會記得幫妳餵貓嗎？

程安的話忽然閃現，不是昨夜的對話，而是在他離開咖啡店前、交代我必須鎖好門之後，沒頭沒尾地拋出問號。

「如果他對貓罐頭不感興趣的話，應該會吧。」

程安翻了個白眼，卻笑了出來。「只有妳會覬覦貓罐頭，走啦。」

話還沒落地程安的腳步聲便越來越遠，他一向走得乾淨俐落，像從來都不會留戀些什麼。

只是偶爾我們，卻正因為太過留戀而反覆練習著如何能夠讓背影顯得灑脫。

還是想想栗子南瓜吧。

「……整顆放進電鍋就可以吧？要削皮嗎？……我記得南瓜有籽，要先挖掉嗎？切塊……嘖、話術，都是話術，什麼放進電鍋就可以了……」

突然我的腳步一頓。

視線所及恰好能看見少年頎長的身影，有些什麼彷彿落了地，我不太能肯定，往前走近兩步，被擺設成店面的玄關正擠著三個喧鬧的小女生，女孩們依依不捨地離開，不時轉頭張望櫃檯邊的帥氣少年。

少年抬起眼眸，面無表情地瞥了我一眼，他腳邊的貓絲毫不差地給了我相同的神情。

一夜過去，他們就成了一夥了嗎？

「五百。」少年將五張鈔票遞給我，「按照標價賣的。」

「栗子南瓜，店員說很好吃。」

我們一手交錢，一手交瓜，少年依然寡言，彷彿世界的組成只需要幾頁單薄的詞彙本；他轉身後逕直走向廚房，對於提袋中的食材和南瓜完全沒有疑問，反倒是我像局外人般一頭問號。

低頭看了手中的鈔票，又瞄了若無其事舔毛的小滿。「他一天的營業額就追平我兩個月的收入？」

貓沒有理我，起身走往廚房，在少年腳邊找了塊位置坐下。

「所以，貓也看臉嗎？」

我不是一個喜歡追究的人。

認真說起來，醞釀在我體內那微薄的、想探究的心思，在少年端出奇蹟般的南瓜布丁那一瞬間隨著香甜的氣息一併化為煙霧，消弭在雨後潮濕的空氣之中。

好甜。

終於我明白，這世間所有的特價品都有被貼上昂貴標籤的可能性。只需要一雙少年奇蹟般的手。

貓也得到一盤蒸南瓜。

「二樓的單人床比沙發好睡。」

少年剛舀起布丁，抬起幽深的眼眸望了我幾秒鐘，大約是我又吃掉兩口布丁的時間長度，他用著非常輕的嗓音，給了我一個回答。

「……好。」

某些什麼的線從我這一端到少年的那一端被接起來了，有了聯繫之後，勢必不能以漠不關心的陌生人姿態相處。

至少必須取得最低限度的資訊。

「你成年了嗎？」

「……嗯。」

少年欲言又止，我等了幾個呼吸，但直到我吃光整個南瓜布丁，他都沒有凝聚足夠構成言語的聲音。

生活中有太多可能，但落在我們面前的選項時常是無趣又普通的，離家少年，十有八九是這個答案，我不想涉入太多，也沒有任何逼迫他的資格。

「反正，你需要確保不會有人突然上門指控我……嗯、誘拐之類的，除此之外廚房歸你、貓也歸你。」我瞪了躺在少年腳邊的貓一眼，「……反正牠已經選邊站了。」

話總是不需要說得很明，我也不是一開始就理解這樣的規則，但我們總是有一天會學會，這世間有些事之所以能夠延續，正是因為那一份不刻意追究。

總之我和少年又劃分了家事分配、座位分配，少年和貓獲得了沙發，窗邊的搖椅是我的所有物，少年主動提出他可以幫忙修繕後門破損的紗窗，為了表示誠意，我只好認領廁所的掃除。

從小學開始，我總是逃不掉打掃廁所的工作。

「喵——」

「渣貓。」我喊住收拾好碗盤準備清洗的少年，「貓是公的。」

少年一臉困惑。

「沒事，我只是想告訴你這件事。」

04

少年只花了一小時便修好後門紗窗。

搬進來的那天晚上，在白熾燈的照射下我瞥見紗窗上一道細微的、不尋常的折射，必須湊得很近才能分辨那一道極小的裂口；這樣的大小，彷彿多花一秒鐘的心思都顯得小題大作。

然而，隨著一次次門的開闔，起初僅是不仔細分辨就會錯失的裂痕，日復一日，正漸漸加深放大。

儘管那裂口正不斷擴張，我們挪開視線的動作也越加嫻熟，直到有一天，被那掀起的紗窗割傷了手，才恍然發現，紗網已經徹底開裂了。

唯一我能做的，就是用搬家剩下的封箱膠帶設法修補。

「下次不要用膠帶貼了。」

「……嗯。」

門框上的膠痕連擁有奇蹟般雙手的少年都無法去除，我尷尬地扯了個微笑，除了點頭之外任何的語言都是多餘。

能把沉默寡言的少年逼到扔出一句勸告，或許未來也能填在我的求職技能欄上。

只是我沒想到，這也是他一整天唯一跟我說的一句話。

少年非常安分並且安靜，拿著一本書一動也不動地坐在窗邊藤椅上讀一整個下午，時間到了，他便起身走進廚房，用有限的食材烹煮出完全不在我個人食譜上的料理，接著他起身、收拾、洗碗，泡上一杯熱茶，拿起另一本書，繼續坐進藤椅消磨夜晚的時光。

「……總感覺不太對。」

但我摸不著頭緒。

每當這種時刻，我都會第一時間撥通小諒的電話，事實上我的身體記憶也如此執行了，但最後一刻我的左手制止了右手，千鈞一髮地記起來小諒並不知道我收留了一個失足少年。

一旦他得到消息，必然會連夜趕來讓我成為物理上的失足少女。

雖然不樂意，但我的選項只剩下程安。

「昨天來見我還不夠，今天還想聽我的聲音，路蕎妳終於發現內心深處放著一個我了嗎？」

「我的內心深處不只有你，還有你的借條。」

「有事快說，客人很多。」

「說點不會被拆穿的謊很難嗎？」

「我怕以妳的智商拆穿不了。」對面傳來毫不遮掩的呵欠聲，「所以怎樣？」

「就是沒怎樣才有所以。」

「妳現在是想證明妳有智商嗎？」

「也不是，不過剛好可以證明你沒有。」

我露出扳回一城的得意笑容，儘管我老是被小諒各種毒舌，但鄙視鍊也存在著等級，可惜程安總是認不清這個事實。

避免程安惱羞成怒，我果斷地切入正題，潦草地描述少年的行為，而門外傳來隱約的淋浴水聲。

「他一副歲月靜好、只需要讀幾本書就能消磨人生的樣子，但散發出來的氣息很苦悶，你懂嗎？重點是，他才多大，反正就很……很奇怪，不過不是危險的那種啦。」

「違和感，妳是不是想說這個詞但說不出來？」

「你真的很煩。」

「又不是我打的電話。」程安猖狂地笑了好幾聲，似乎喝了一口咖啡，聲音混進一點低啞。「妳覺得他不危險就不用管了，反正妳也只是給他一個暫時的落腳處，他不知道該去哪裡，也就住下來了，狀況就是這樣，如果妳不想涉入他的人生，就維持最低限度的同居生活。」

水聲停了，屋子裡的聲響又歸於寧靜。

程安說得沒錯，我和少年，儘管以相當微妙的姿態開展了同居生活，但那對於彼此都不過是一段短暫的過渡，少年在找到方向之後會繼續遠行，而我依然在此處過著平淡的生活。

「我忘了餵貓，你去忙吧。」

「路蕎。」

「做什麼？」

「有一種可能，當一個人太擅長壓抑痛苦，時間長了以後，他就會以為自己不痛苦了。」另一端傳來杯盤碰撞的細微聲響，卻忽然有些刺耳。「妳也不用想太多，我就舉個例子而已。」

程安把電話掛了。

我瞪著手機，螢幕燈光滅掉後映現出我的臉孔，忽然我抿了抿唇，自欺欺人，人總是這樣的，找了一堆藉口，繞了一大圈迂迴的路途，其實一開始我們就做出了選擇。

無論出於何種理由，小諒都不會同意我和一個陌生少年同居，無論是驅趕少年，或者善良地替他尋找新住處，甚至犧牲自己搬進來三人同住，都可能是小諒會採取的行動；程安不同，他總是嘴上說著不干預他人的人生，卻又喜歡在危險的邊緣興風作浪，如果有能看見不尋常風景的機會，就絕對不要走回平淡的巷口。

「畢竟他有一雙奇蹟般的手。」

醒來的時候少年已經不在了。

我幾乎以為那是一場夢，直到我打開冰箱，在貧瘠的凍原之中發現了最後一塊南瓜布丁，冰冰涼涼的觸感徹底趕跑了夜的尾韻。

「……奇蹟般的早晨只需要一口布丁。」

拿了湯匙，坐在流理台邊我慢慢品嚐布丁，從小我總是和小諒躲在廚房吃零食，不知不覺就養成這個很難判定好壞的習慣，奶奶會唸我幾句卻也隨著我，可惜長大後小諒無論如何都不肯再陪我坐在地上了。

「不知道還會不會回來。」

貓趴在窗台邊假寐，沉靜的屋子裡沒有其他生人的氣息，儘管少年住了兩夜，但在我將布丁徹底吞嚥之後，他曾來過的痕跡便一點也不剩了。

也是。

其實大多數人都一樣，突如其來地就在我們的人生出現，某一天，又極其突然地銷聲匿跡。

「本來也沒說好要住多久。」我嘆了一口氣，「應該多買幾顆栗子南瓜的。」

話才剛說完，一轉頭我就對上一雙幽深的目光，精緻美貌的少年居高臨下地睥睨我，而我甚至還沒換下睡衣，嘴裡還咬著木湯匙。

「早。」

只要我夠淡定，社死就與我無關。

少年的手上提著一袋食材，有幾樣我分辨不出來的綠色蔬菜，總之那與我無關，廚房已經歸他了。

「我等等給你買菜的錢。」

「不用了，住在這裡的期間我會負責伙食。」在我反駁之前，他飛快地強調。「我準備足夠的錢才離開家的。」

「隨你。」

我聳了聳肩，沒打算爭執，準備起身將廚房留給他，沒想到，下一刻我的動作突然頓住，努力三秒鐘之後又跌坐回原地。

——腳麻了。

不，不能認輸，只要我足夠坦蕩，社死還是跟我沒有關係。

「我腳麻了。」我給了少年一個微笑，「你要扶我到客廳，或是你先把菜放下，五分鐘之後再來廚房？」

少年選了前者。

因為購物袋裡有生肉。

其實我私心希望他給我五分鐘，但選項都拋出去了，意味著將決定權交付給他；少年托著我的手臂，分明是我習慣的沐浴乳香氣，沾附在他身上卻散發出另一種冷冽的氣味。

「有忌口嗎？」

「嗯？」我愣了一下，儘管沒頭沒尾，但關於吃的方面我的天線非常靈敏。

「我不吃辣，沒有過敏也不挑食。」

少年轉身要走回廚房。

我喊住他。

「下午來醃梅子吧。」

他沒有轉身。

「好。」

我們做好了醃梅子的所有準備。

其實也就是擺出梅子和糖，以及，一本奶奶的食譜。

「……把梅子放進玻璃罐，再鋪一層糖，一層梅子，再一層糖。」我點了點頭，抬頭望向少年。「好像有點簡單。」

然而越是簡單的事物越難。

這是一種哲學。

「糖要放多少？」

「……憑感覺？」

少年靜止了十秒鐘，儘管他一向沉默寡言，但我仍舊能清楚分辨出方才那十秒鐘透露著不尋常的意味。

果然，他沉吟了幾許，發出了深達靈魂的拷問。

「妳的感覺還是我的感覺？」

我把糖罐放進他的手中，相當有自知之明地讓出主導權，儘管我參與許多次醃漬梅子的儀式，我卻始終是一個旁觀的局外人。

——醃梅子跟過生活一樣，人啊、日子也是要慢慢浸潤，變得酸酸甜甜的，如果最後我們路蕎能說一聲好吃，那就太好了。

注視著少年以賞心悅目的姿態將糖均勻地鋪撒在梅子上，我忽然想起奶奶曾經說過的話，當時的我不明白，也沒想著要去明白。

「好了。」

少年仔細地封蓋。反正三天後還要來一輪，以前我總是會不耐煩地這樣對奶奶說，可是這一刻我似乎有些明白了，每一個我以為無關緊要的動作，其實都對結果產生莫大的影響，只是我們需要時間來看見這一切。

「欸，你想吃冰嗎？」

「都可以。」

「回答『都可以』等於把決定權完全交給別人喔，雖然只是吃冰這種小事，但是人生就是這些非常小的事情組成的。」我瞥了少年一眼，聳了聳肩。「不過我也沒資格對你說教，單純只是我不想扛起一份責任。」

我說：「就算只是一根冰棒。」

「梅子呢？」

他跳躍的回話讓我愣了一下，我猜想他指的是我讓他決定添加的砂糖分量，於是我認真地抬頭望向他，意外發現他正專注地聆聽我說話。

有些難以言喻的什麼悄悄在我內心深處滑過。

「不管梅子最後是什麼味道，我都會好好地吃完，也許會有一瞬間無賴地想著，說不定我自己醃會更好吃，但那也是我自己做出的選擇，你沒有必須保證梅子好吃的責任。」

少年忽然笑了。

從我初見他到這一刻，少年第一次露出愉快的神情。

真不知道哪一句話取悅到他了。

少年的心我不懂。

「冰的口味我自己挑。」

「預算50，超過自己補差價。」

他臉上的弧度再度斂下，垂下眼眸不知道又想起什麼，接著竟揚起更深刻的笑容。

「好。」

少年挑了奇異果口味的冰棒。

我們坐在公園的花台上一邊曬著太陽一邊吃冰，畢竟還是那條路、那個公園，視線所及便是那日少年被痛毆倒地的事發現場。

「你為什麼會被打？」

「是互毆。」

……好、是我疏忽，我沒有顧慮少年敏感的心。

重新問一次。

「你為什麼會跟人打架？」

「我以為妳不會問。」

「好奇是人的天性，但你可以不說。」

「嗯。」

嗯。

就沒了。

少年扔下俐落乾脆的單音之後，又安靜地吃著奇異果冰棒，我盯著他過分好看又顯得削瘦的側臉愣了好一陣子，之後忍不住笑了出來。

「下次打不過就跑吧。」

「不是應該要我不能有下次嗎？」

「那也不是我有資格說的話。」

冰消融得比預想的更快，春天的太陽暖洋洋的，嚥下最後一口冰涼的糖水，一隻修長的手伸了過來，大概是想順手替我扔包裝袋，我卻冒出一股惡作劇的念頭，將我的左手搭上他的掌心。

熱熱燙燙的，比陽光更灼人。

大抵少年們的血液裡都流淌著不認輸的成分，他既沒有露出訝異的神情，也沒有甩開我的手，反而一個施力將我從長椅上拉起身。

不留給我反應的間隙，下一刻便扯著我往前奔跑。

一如那日大雨中的奔逃。

陽光很烈，我的耳畔卻彷彿聽見雨聲，嘩啦啦地，少年飄蕩的髮絲在半空中揚起，閃爍著金色的流光。

他大概帶著笑的。

幾個路口之後，紅燈的號誌阻卻了他的前行，他額際冒出幾滴汗，我卻彎著腰不停地喘氣。

「可以考慮一下我跟你腿長的差距嗎？」

「妳追小滿也會喘。」

少年鬆開握著我的手，掌心留著不屬於我的餘溫，我握了握拳，還沒想清楚那細微異樣感的源頭，號誌就變換了。

交叉路口離我的住處約莫只有五分鐘的路途，既沒有其他的紅綠燈，也沒有施工中請繞道的警告牌，然而生活時常是這樣的，預想之外的存在才是最難攻克的阻礙。

例如一群過度熱心的爺爺奶奶。

不是偶然。無法避開。因為他們正聚集在我家門口，探頭探腦的姿態差點讓我誤會家裡或許藏匿著某個我未曾發現的秘密。

「蕎蕎回來了啊。」

最常到我家和奶奶串門子的王奶奶欲蓋彌彰的模樣令人不忍直視，他們三三兩兩地附和，彷彿在場所有人的聚集不過是一場巧合，前提是忽視那一道道幾乎是定在少年臉龐的視線。

沒有詢問，卻逼得我不得不給出一個說明。

「這個是我……表弟。」

我瞥了少年一眼，淡漠的表情讀不出情緒，他甚至容忍奶奶二號偷摸他的小手，我卻不太舒服地將他往後拉了一小步。

逆來順受並不是好的特質。

「他放假來找我玩，會住一陣子。」

「表弟喔，以前沒看過啊。」王奶奶露出慈祥卻充滿探究的笑容，「多大了？叫什麼名字？還在念書嗎？」

半空中懸浮著的每一個問號，其實都跟眼前的這些人沒有關係，我忽然有些意興闌珊，從小這些人就不斷地以居高臨下的姿態試圖干預奶奶對我的管教，好像一個被爸媽塞到鄉下的女孩就注定會走偏一樣，連換上一件明豔的洋裝都會惹來幾句荒誕的「苦口婆心」。

洋裝是奶奶買的。

年輕的小女孩就是應該鮮豔快活一點，奶奶總是無視街坊鄰居的「勸說」，甚至有人惡毒地宣稱奶奶會再縱容出一個媽媽，而我媽不過是一個勇敢捨棄一段不適合她的婚姻的女人罷了。

「小滿還沒吃飯。」

少年的聲音打散我的怔忪，抬起眼發現他不知何時又擋在我的面前。他用著有些冷硬的口吻說著：「我們要回去餵貓了。」

所有的問號稀稀落落地摔碎在地。

他又一次拉住我的手，逕直地走進屋內，又轉身關門，將方才的喧囂阻擋在外。

門外響起幾聲刻意放大的斥責，沒有禮貌，路蕎會被帶壞……諸如此類的言語，我居然忍不住笑了出來。

「以前他們都說小諒被我帶壞，嗯，小諒是我死黨，沒想到現在我又變成會被帶壞的人了……好像應該謝謝你幫我扭轉風評。」

「我去餵貓。」

「欸，我叫路蕎，我好像沒自我介紹過。」我指了趴在沙發上的貓，「那傢伙叫小滿，雖然你已經知道了。」

「我——」

少年欲言又止，最後斂下眼，似乎要逼迫自己擠壓出一些什麼。

在那之前，我打斷了他。

「——叫你穀雨吧。」

他似乎鬆了一口氣，又揉合些許不解。

「節氣的日子。我遇見你的那天剛好是穀雨。」我瞇起眼，給了他一個輕淺的微笑。「小滿也是，來到這個家的那一天恰好是小滿。」

於是少年有了屬於這個家的名字。

——穀雨。

他的唇緩慢地開闔，沒有發出聲音，卻能清楚感知到他正在喃唸這兩個字。

最後，他抬起眼，笑著對我說：

「下次換我請妳吃冰。」

05

穀雨之後是立夏。

儘管我們很難察覺那隱微的變化，也無法聽見春天交棒給夏天的擊掌聲，但夏天的氣味終究會一點一點滲透進我們的日常之中，直到我們發出一聲「夏天來了啊」的喟嘆。

和另一個人的共同生活也差不多，特別是和一個非常懂得拿捏分寸的人同住，桌面永遠是整潔的，浴室也不會有多餘的水漬，冰箱也總是維持著七分滿，既不擁擠也不空蕩。

彷彿一個人的生活和兩個人的日子並沒有多少不同，直到我轉開洗手台的水龍頭，正準備伸手捧水洗臉卻迎來一場瘋狂的爆水噴射。

「什麼鬼啦——」

基於求生本能我立刻用雙手壓住水龍頭，內心深處大聲叫囂「萬一放手說不定會爆炸」，這其實不太可能，但被充滿壓力的水柱一次又一次地打臉之後，我的理智徹底瓦解。

壓著水龍頭也無濟於事，但我又不敢放開手，我悲慘地想著，持續僵持下去我說不定會成為一座鎮壓水龍頭的神獸。

忽然我想到，我已經不是一個人了。

這間屋子裡也不只有另一隻不值得信任的貓。

「穀雨！穀——雨——」我放聲大叫，聲音多少有些淒厲，畢竟我完全不想變成神獸。「穀雨你快來救我——」

噠噠噠的腳步聲逐漸加大，少年匆忙地闖進浴室，我來不及提醒他，下一秒就見他也被噴發的水柱淋濕了大半，但他沒有顧慮自己，反倒先抓了浴巾披在我的肩上，又斷然地接過鎮壓水龍頭的任務。

「妳先出去。」

「一個人沒辦法吧？」

「可以，妳先去換衣服。」

派不上用場的我只能先撤退，飛快換下衣服，抱著另一件浴巾重新跑到浴室，幾分鐘前的慘烈已經歸於平靜，只剩一個渾身濕透的纖瘦少年。

不巧，他恰好穿著一件白色襯衫。

又很巧，我的視力從小就很好。

我把浴巾遞給他，沒有戳破他的耳尖正泛著紅，他垂下眼，伸手指了水槽下面的某個設置。

「我先把止水閥關了，剩下的要請人來修。」

「……好。」

我往後退了兩步，強迫自己收回視線，他只是個少年，四捨五入就只是個孩子，充其量也只是一個身材誘人又美色破表的孩子，我們做人要有道德感。

……但他自稱成年了啊。

甩了甩頭，揮去某些可疑的邪惡念頭，退一萬步來說，以我的體力也壓制不了他。

不對。

連想都不應該想。

「你快去換衣服吧，不然會感冒，我去泡個熱茶。」

我飛快轉身走向樓梯，在踏下階梯時我的唇畔忍不住泛開一抹笑，我沒有戳破的不僅僅是他泛紅的耳尖，還有他只穿了一邊的襪子。

「兩個人的日子也滿好的。」

櫥櫃裡的茶葉沒了，好不容易乾爽的少年最終只獲得一杯熱開水。

我多少有點過意不去，索性拎起購物袋，到超市添購日常用品；畢竟這些日子以來都是穀雨負責採買，而他太擅長拿捏分寸，從不越界替我添補三餐食材之外的物品。

「午餐我會買回來，可能會晚一點，如果你餓的話可以先吃一點東西。」

穀雨沒有回應。

瞥了一眼他似乎正被小滿糾纏，我沒有打斷他們，穀雨有沒有聽見都沒關係，我和他之間不存在誰必須等候誰的關係。

「……我跟妳一起去。」

我才走出門口，身後便傳來穀雨的聲音，我臉上大概是掩飾不住詫異的，可他彷彿沒有看見一樣，自然地和我並肩而行。

說起來，除了那次吃冰之外，穀雨和我完全沒有一起外出過。

「你會煮紅棗黑木耳露嗎？」

「有食譜應該沒問題。」

「以前我奶奶都會在不同節氣的時候煮對應的菜，立夏這天她一開始是煮苦瓜湯，我勉強喝了幾年之後終於告訴她，我不喜歡苦瓜。」我踢開腳邊的一顆小石頭，輕輕勾起嘴角。「奶奶很開心，唸了一長串菜名讓我挑，我選了紅棗黑木耳露，她立刻拉著我去市場買木耳，一邊叨叨絮絮說著我終於把這裡當家了。」

斂下眼，我的視線落在白色帆布鞋的鞋尖。

「其實你煮幾道自己喜歡吃的菜也是應該的，畢竟廚房現在歸你。」

「路蕎。」

「做什麼？」

「我不知道。」

「嗯？」

「沒有人問過我喜歡什麼，我也沒有立場去說自己喜歡什麼，一直以來，夾到我碗裡的菜就必須吃完。」

他說的也許是菜，又也許不是。

其實都一樣。

「在我們家不用喔。」

穀雨的腳步一頓，我當作沒有察覺，用著相同的步伐繼續往前走。「如果哪天你有想吃的菜，我們再一起來買食材吧。」

停滯的腳步聲再度響起，少年快步趕上，再度走到我的身旁。

「好。」

「反正是你煮。」

少年笑了。

真是意味不明。

在常去的菜攤買了黑木耳，總是抵擋不住老闆娘熱情推銷的我，不得不多買了兩把菜。

「這家的蘿蔔很值得推薦，手感很好。」

少年身上滑過一陣詭異的沉默，似乎不想繼續探討蘿蔔的手感，生硬地轉開話題。

「還要買什麼嗎？」

「茶包。」

於是我們離開市場之後又多走了一段路，在鑽小路尋求遮蔭和曝曬強烈的大馬路之間，我選了前者，絲毫沒有懸念。

我沒走過這條路。

儘管在我活動的範圍內，也時常經過方才拐彎的巷口，我卻一次也沒有踏進這條巷子；於是四周的街景懸浮著一種陌生感，回首望去卻又是再熟悉不過的光景。

很奇怪的感受。

我忽然想起來，奶奶離開的那陣子，我一個人坐在客廳沙發上也有相似的感受，眼前的一景一物都熟悉到縱使閉眼也能分辨，那之中卻有某些什麼已經截然不同了。

「路蕎。」

一股不重的力道扯著我的衣領，回過神來才發現再多兩步我就會撞上店家的招牌，我裝模作樣地撥動瀏海，悄悄挪動雙腳讓自己偏離通往招牌的軌道。

也許是一種緣分，我眼角餘光瞥見了一間家具店，門口擺著幾張大大小小的椅子，以及一張醒目的「結束營業大拍賣」。

「去挑一張椅子吧。」

「椅子？」

「本來客廳裡擺著很厚重的木頭椅子，上面有一大片石頭的那種，我坐不慣，後來存了錢就買了沙發，又買了一把我專屬的單人座沙發。」我緩步走向家具店，「藤椅是我奶奶喜歡的，雖然我坐起來滿舒服的，不過你的腿太長，整個人塞進去很擁擠吧，所以我想你還是挑一把適合自己的椅子比較好。」

我說了很長一段話。

欲蓋彌彰一般，彷彿希望將某些情緒泯散在流水帳的長句裡頭，像一滴濃縮糖漿，只要落進一大壺水中便難以察覺；而我盡量不去思考，假使滴落的並非無色的糖漿，而是色彩濃豔的墨水，只消極少量的一滴，就足以染紅每一雙眼。

可惜此刻的我看不見自己，而少年的眼眸又不見悲喜。

「說不定找不到適合的椅子。」

「那你就先想辦法多賺點錢，替自己訂製一把椅子。」我吐出的語句變得很輕，「並不是每個地方都有預留給我們的空位，所以首先我們必須要準備一把椅子，那麼無論到了哪裡，都不會侷促地站在原地。」

少年挑得非常專注。

儘管手裡提著紅白相間的塑膠袋，頎長的身姿也在家具店狹小的走道踏出一種鑑賞精品的派頭。

我不想打擾他，隨意試坐了幾張椅子，又漫不經心地抓起價格牌，下一刻我瞪大了雙眼，下意識跳起身準備招呼穀雨離開。

沒事，賣椅子的店多的是，我們沒必要短短幾分鐘內就訂下來。

「我選好了。」

沒想到，穀雨摸著一張黑色平平無奇的椅子，平靜地宣告他選好了椅子，一旁老闆直誇他有眼光，說出一串晦澀的外文，大概是設計師的名字，又或者是椅子的命名，我實在沒力氣細究，瞇著眼鼓起勇氣想瞄一眼價格，少年那雙骨節分明的手卻恰巧遮擋住上頭的數字。

「這張椅子要叫貨，全台灣就兩千張，到貨我再打電話通知，先付三千塊訂金。」

「……好。」

我的心已經平靜無波。

連訂金都要三千，我認命地掏出錢包，在付錢之前又看了椅子兩眼，總感覺黑色椅子平淡中透出一種極簡的奢華，椅背的弧度也散發近乎完美的圓滑……沒有，我怎麼看都只是一張很普通的黑色椅子。

還沒有扶手。

「我自己付。」

穀雨壓住我掏錢的手，少年的手總是熱燙的，我嘆了一口氣，還是拿出了三千塊，堅定地塞進他的掌心。

「放在我家的椅子，當然是我付錢。」

「但那是我的椅子。」

我安靜地望著眼前的少年。

「如果哪天，你要帶走椅子，就用兩倍的價格來贖回吧。」

「好。」

揮之不去的心痛盤據在我的胸口。

穀雨在黑木耳露裡加了雙倍的砂糖，多少修復了我的生無可戀，我捧著第二碗黑木耳露，學著小滿掀起眼皮覷著又坐在藤椅上讀書的少年，凝望著他沉靜的側臉，我忍不住泛開微笑。

時間走得很慢，也走得很快，我想一個月前的少年八成會狠狠抿著唇，冷硬地拋出「我不需要椅子」、「我會還錢」，或者……「我不會待在這裡」。

「沒事，我去續碗。」

我的笑聲驚擾了少年，他不甚在意地翻了頁書。「妳好像胖了。」

「你說什麼？」

貓乖巧地躺在他的腳邊，我想了幾個呼吸，應該不是幻聽，但也不是針對我，是貓……吧？

我納悶地朝廚房走去，一道再度阻卻我的去路。

「明天開始暫時不做甜點了。」

什麼？

在我付了椅子帳單之後，他宣告甜點中止？

這難道是什麼輕小說的長字數標題嗎？

「你沒有必要為了我的體重負責，還有，這個家禁止煽動外貌焦慮。」我努了努下巴，「看看你腳邊的貓。」

「嗯。」

多麼輕浮的回應。

果然距離產生美，再美貌的少年經過太過靠近的同居生活之後都會被日常的時光磨損，起初那個逆來順受的孩子，如今已經會陽奉陰違，用個輕巧的單音打發我的要求，想必不久的將來就會擺出一張「不然你煮」的高傲臉孔。

「任何事都需要循序漸進。」

「在我來之前妳也沒有每天吃甜點。」

他的話音還沒落地，翻頁的手指卻在半空中停頓，微小卻強烈的凝滯瞬間迸發開來，在我和他之間。

像無須明說的默契，或者規則，之前、之後這類的詞語是不該被提及的禁語，我們不探究彼此來時的路途，也不去過問對方未來的去路，這間屋子裡只需要當下流動的時間。

但我替他買了一張椅子。

先犯規的人是我。

斂下眼我輕聲地回答：「但現在有你在。」

屋子裡沒有風，空氣彷彿不再流動，我捧著碗的指節微微泛白，有一絲近似後悔的氣味，我大概是越界了，果然人在日漸熟悉之後總是會輕易地忘記該恪守的規則。

「我——」

叮——噹——

懸掛在大門的鑄鐵風鈴忽然響起，清冽的鈴聲劃破了屋內的凝滯，引進了門外的風，我下意識抬起頭，意外對上一雙醞釀著風暴的眼。

「你怎麼突然來了？」

「妳沒寄梅子給我，一定發生了什麼事。」

真是無法反駁的強大理由。

小諒風塵僕僕地放下行李袋，他的外套脫到一半，穀雨便端來一杯恰到好處的涼水，正因為時間點太過完美反而讓狀況陷入更加糟糕的境地。

我和小諒大眼瞪小眼，當然，我是眼睛大的那一個，而穀雨則安分地站在我的身側。

儼然像主人招待客人的站位。

我有一種即將死在小諒手裡的危機感，更別說他一貫留宿的房間歸了穀雨。

「程安最近好像有賺錢，我們等一下去討債。」

「他是誰？」

「小諒你工作太累了嗎？連程安都忘了？」

「路蕎蕎。」

「不要這樣喊我！」

討厭的黑歷史。國中時我瘋狂喜歡上一個男孩，對方喜歡甜美溫順的小白兔，於是我便穿上嬌嫩的短裙又擠壓嗓子發出甜膩的聲音，最走火入魔那陣子我甚至逼迫小諒替我營造一個軟綿女孩的爛漫成長史，武力脅迫他喊我路蕎蕎。

事實證明，少女的愛情熱烈燦爛卻容易過於高溫而瞬間蒸發，一個夏天之後，我喜歡到不可自拔的男孩被貼上黑歷史的標籤，而對方早已和另一隻小白兔相約在花園蹦蹦跳跳。

「穀雨，現在住在這裡。」

「然後呢？」

「然後……我們等等要去買晚餐的材料，你想吃什麼？」

小諒伸手將我扯到屋外，透過窗能看見穀雨正在收拾我隨手放下的碗，小諒以眼神壓迫著我，我只好以最低限度的資訊交代一切。

暫時收留的少年，其他的一切我都沒有過問。

「妳有沒有一點危機意識？」

「……有。」所以才不敢讓你知道。

「他是一個人，成年男人，不是一隻可憐的流浪貓，妳可以撿小滿回家，但不能隨便撿一個男人回來。」

「撿都撿了……趕出去是二次傷害喔。」

小諒狠狠瞪著我。

一秒、兩秒、三秒——

最終他氣不過用力地捏了我的臉頰，像在生悶氣，卻也像拿我沒轍，我看準時機拉住他的衣袖。

「小滿的貓罐頭你也有資助，而且你還是天光的股東，是吧？」

一聲極輕卻又極重的嘆息從他唇畔溢出，小諒的話語變得很輕很輕。

「路蕎，我怕——」

「我也怕。」我認真地望向他，「可是我不後悔。」

「三天後再說吧。」

衣櫃裡有小諒的換洗衣物，單人床卻易了主。

懂事的穀雨立刻表示將床讓出，我來不及阻止，好不容易緩和的氣氛又急遽降溫。

「你跟我睡，睡地板。」

「我有女朋友。」

「那我睡地板。」

「我有女朋友。」

「房間給你，我睡沙發。」

「太危險了。」

「不然你睡沙發。」

「我腿長，會睡不好。」

「不然你想怎麼樣？」

「我跟他睡。」小諒瞥了穀雨一眼，「丟銅板決定誰睡床。」

繞了一大圈，原來他的目的是和穀雨獨處，在漫漫長夜之中瞄準人防線最薄弱的一刻，試圖挖出對方的秘密。

「都別睡了，反正你放假，乾脆來個徹夜不眠的電影之夜。」我冷哼一聲，「挑一部恐怖電影，誰先尖叫誰請吃烤肉。」

為了不偏頗哪一方，我們特地請程安擔任電影選片人，他興致勃勃地列了一長串片單，甚至保證他隔天會來確認我們的存活狀態。

「其實我覺得，最讓人害怕的片不是恐怖片。」

「也是。」小諒果斷關掉程安的精選片單，「最讓人毛骨悚然的類型是文藝愛情片。」

「沒錯，世界上最可怕的病毒叫做愛情。」

於是我和小諒肩靠著肩，意外和諧地達成共識，點開線上租借電影的介面，各自選了一部電影之後，遞給一旁置身事外的穀雨。

「你也挑一部。」

於是漫長的電影之夜開始了。

真的，非常漫長。

殺人誅心。小諒選了一部非常貼近我黑歷史的迪士尼青春片，我挑的是他跟前任的定情大片。輪到穀雨，畫面一轉，靜謐的凌晨三點，岩井俊二的《情書》每一幀畫面都刺激著我的淚腺，催眠的那一種。

我忍不住打了好幾次呵欠，如同渡邊博子追不回藤井樹，一大杯美式咖啡也追不回我的清醒。

「——你好嗎？」

女主角的台詞在恍惚之間疊附，很久以前我似乎也收過那樣的一封信，工整卻稱不上好看的藍色水性原子筆字跡，妳好嗎？彷彿寫下簡短的三個字就幾乎要耗盡所有力氣一樣。

——對不起。

那一張精心挑選過的、Ａ５大小的信箋，最終只留下六個字。

香甜的草莓擺在精緻的小皿裡，一旁的兔子先生以優雅的姿態端起骨瓷杯，淺淺啜飲一口充滿高雅香氣的大吉嶺紅茶，肥滿的紫色條紋貓則伸長尾巴，靈巧地捲走盤中最大的草莓。

……兔子可以攝取咖啡因嗎？

比起誘人的草莓，我更擔心兔子的身體健康，於是我抬起手試圖阻止兔子，一陣強烈的麻痛感猛然襲來，刺眼的光閃過，我花了一點時間適應，才發現眼前沒有兔子，只有一隻壓在我手上的肥貓。

「小滿讓開。」

貓的尾巴甩了我一臉。

我生無可戀地靠在沙發上，麻痹的手唯有時間能夠治癒，但草莓的香氣不是夢，我試著扭頭望向廚房，恰巧對上穀雨幽黑的眼眸。

「我煎了鬆餅，要喝紅茶嗎？」

「好。」視線流轉一圈，沒看到另一道身影。「小諒呢？」

「六點多的時候走了。」

「你們說了什麼嗎？」

少年微妙地迴避了我的詢問，將問題換了概念給了我回覆：「他留了話，讓妳下次有事不准瞞他。」

我的思緒轉動有些遲緩，頓了一下才接話。

「你們打了一架，他打輸了？」

「沒有。」穀雨低聲笑了，端著鬆餅走來，盤子上果然擺了草莓果醬。「他說妳中途睡著，欠他一頓烤肉。」

我動了動右手，麻痛感終於消退，用還沒完全清醒的腦袋思考少年說的究竟是「沒有打」或是「沒有輸」，探出左手抓起叉子的瞬間，冰涼的觸感提醒我還沒洗漱。

最遙遠的距離大概是剛煎的鬆餅擺在我面前，我卻連一口都不能吃。

「我去洗臉。」

站起身，短暫的暈眩襲來，微微的搖晃像踏上一艘駛往湖心的小舟，一隻纖瘦卻有力的手扶住我，縱使我沒有摔落的危險，也非常堅定地支撐著我。

不知為何，踏著平坦的地面，晃漾的波動卻顯得更加劇烈。

「謝謝。」

少年鬆開手，那殘存的力道卻沒有散去，我迴避了他的目光，若無其事地走向浴室。

「星期三。」

「什麼？」

「星期三我會做甜點。」

緩慢地我旋身望向站在客廳中央的少年，他淡漠的俊秀臉龐揚起一抹輕淺的微笑，我才發現，原來昨日午後的凝滯在這一瞬間才真正有了風。

「星期三。」

「嗯。」他又應允了一次，「星期三。」

今天是星期六。

在我和他之間從這一刻開始有了以後。

進入夏日的風一天比一天更加濕熱，雨卻遲遲落不下來。

遞出辭呈兩年多之後我終於抵擋不住現實，找到一個能遠端作業的工作，也許是我的上進刺激了穀雨，成日不是讀書就是窩在廚房的他開始自學戳羊毛氈，有了幾個成品後我在玄關的展示櫃闢了一區給他，沒想到才擺了三天便宣告售罄，而我三個月前擺的吊飾依然安靜躺在木盤裡。

「我不明白。」

「妳只是不願意面對現實，不過現實無論妳想不想面對，它都已經被端到妳的桌上，想走出那扇門就必須拿出錢包。」

「根本是強迫推銷。」

「但妳的手工藝連強迫推銷都賣不出去。」程安敷衍地拍拍我的肩膀，「妳放心，天光永遠有妳的位置。」

「我今天絕對不會幫你掃廁所。」

程安替客人結完帳，彷彿獲得一個完美而不需要解釋的斷點，他替我續了咖啡，在他收拾桌面之際，我拿出手機傳了一則訊息給穀雨。

——門可以直接鎖，明天不用準備我的早餐。冰箱的布丁分你一個。

「你們已經到了需要報備的關係了？」

「只是共同生活的禮貌。」

程安趁我不備猛然奪走手機，仗著身高優勢伸長手翻找手機相冊，我就知道，他歪曲的內心壓根就不相信我和穀雨是純粹並且清白的同居關係。

「都是妳家胖貓，好不容易都拐到一個少年了，好歹也——」

忽然，程安的聲音停在半空中，相冊裡唯一一張穀雨的照片躍入兩人的視野，是一張他在午後讀書的側臉偷拍照。

我用力一跳，趁他失神之際終於搶回手機。

「你很煩耶。」

「妳知道嗎？能分享一日三餐的人，無論是好是壞，都會在人生的某個時刻成為特別深刻的存在。」

「所以要像你一天只吃兩餐嗎？」

「路蕎。」

「做什麼？幹麼突然靠這麼近……走開啦，你的眼神好變態……」

程安不由分說地湊近我，幾乎是一個挪動就能咬斷我脖子的距離，太可怕了，我不斷縮往角落，他的神情卻越來越詭異。

忽然他抓住我的腳踝，差一點我就要驚叫出來，程安旋即放手，下一秒若無其事地坐回起先的位置。

「你有病喔。」

「這世界上每一個人都有病。」我隨手抓了坐墊砸向他，程安毫不防禦任憑抱枕攻擊，卻彷彿不痛不癢。「就算是我，甚至是徐文諒都有可能傷害妳，妳不能只是丟一個軟趴趴的抱枕就放過對方。」

程安今天很奇怪。

短短的幾分鐘之間他的態度變動實在太劇烈了。

「我要回家了。」

「路蕎。」

「廁所你自己掃。」

程安拉住我，表情似笑非笑。「妳胖了，以後一天吃兩餐就好。」

莫名其妙。

低下頭我忍不住捏了捏腰間的軟肉，認真想想，自從和穀雨同住之後，不僅三餐正常，我連飯量都變多，遑論還時不時有奇蹟般的甜食，體重不增加實在對不起穀雨。

「想當年小滿也只是一隻瘦小的貓……」

歲月帶走生活的濃豔色彩，卻帶不走累積的卡路里。真殘酷。

巷口的路燈閃閃爍爍，儘管從小走到大，黑暗帶來的恐懼並不會變得淡薄，我加快返家的步伐，拐過最後一個彎，雙腳卻有短暫的停頓。

客廳的燈是亮的。

有多久我沒有看見這樣的畫面了？

我緩步走向家門，小心地轉開門鎖，盡可能輕巧地推門入內，也許穀雨只是替我點了一盞燈，我一邊想著，卻懷抱著難以分辨的期盼。

少年趴在餐桌上睡著了。

而桌邊，擺著一份簡單清爽的三明治。

有些什麼悄悄從我的心底蔓延開來。

放下提包，拿了件外套想替穀雨蓋上，走近幾步卻瞥見他壓在手下的畫冊，被遮擋住的畫看不完整，卻不會被錯認。

——是我。

我替穀雨披上了外套，細微的動作卻依然驚醒睡不安穩的少年，他睜開迷茫的雙眼，眸中染著一絲水光，畫面美好得讓人無法移開視線。

「三明治給我的嗎？」

「嗯。冰箱有湯我幫妳熱。」

「明天喝吧。」拉開椅子在他對面坐下，視線有意無意滑過他壓住的畫冊。

「你畫的嗎？」

穀雨忽然愣住。

半夢將醒的他似乎這時才完完全全回到現實，他下意識要闔起畫冊，動作到一半卻又停住。

「妳想看嗎？」

「想啊，不過前提是願不願意給我看。」

穀雨將畫冊轉向我，一張栩栩如生的素描畫映入我的視野，確實是我，卻顯得有些稚嫩，還添上了我早就不留的齊瀏海。

「齊瀏海比較好看嗎？」我摸了摸空蕩的額頭，「我以前剪過，被小諒笑到懷疑人生。」

「都好看。」

「是因為剛睡醒嗎？你今天特別可愛。」

「妳早點睡，盤子放水槽就好。」

不想面對誇獎的穀雨也有點可愛。

我喊住他。

「你被我吵醒了，短時間也很難入睡，乾脆來吃梅子吧。」

「再十分鐘就十二點了。」

「反正這裡也沒有灰姑娘需要躲起來變身。」

望向掛在牆上的月曆，時光總是悄無聲息地遠去，醞釀，變質，來時路途的風景在我們植下的種子必須經過等候，才得以知曉萌發的是哪種芽苗。

「現在開封正好。」

穀雨將醃漬梅子的玻璃罐搬到餐桌上，我準備了筷子和小皿，又泡了熱茶，在深夜，兩個人專注地盯著密封玻璃罐簡直像在舉行某種神秘儀式。

他小心地轉開蓋子，掀蓋的瞬間，酸甜的梅子香氣撲鼻而來，被彌封的春天彷彿再度降臨，變色的梅子卻又提醒我們那不過是一種錯覺。

我撈出兩顆梅子，在彼此的小皿中分別放置一顆，小巧的梅子在吊燈的光線照射之下，閃爍著水潤耀眼的光芒。

「果然相信你的感覺是對的。」

「說不定妳加的糖會做出更好吃的梅子，是妳說的，沒有被實現的，都是可能。」

我一口咬下梅子，酸甜的滋味瞬間在口腔爆發，儘管是奶奶留下的食譜，卻在不同季節、透過不同的手，得出和記憶中截然不同的風味。

「但我願意相信這是最好的結果。」我又從玻璃罐撈出兩顆梅子，掙扎幾秒後果斷旋緊蓋子，太過開胃就糟糕了。「我奶奶告訴我，正因為人生有無窮無盡的可能，有比現在更好的，當然也有比現在更糟的，更重要的是，其實我們也扭轉不了過去，倒不如好好看待這一刻擺在掌心的結果，以及、和我們一起承接這個結果的人。」

我夾起梅子塞進穀雨口中，他似乎嚇了一跳，在令人防線特別薄弱的夜裡，他的一舉一動都顯得更加生動。

「好吃吧。」

「……嗯。」

「謝謝你。」我端起茶杯，水霧氤氳了我眼前的畫面，靜謐的夜裡果然容易讓人變得脆弱而多感。「我沒有想過，有一天我還能跟哪個人一起吃親手醃的梅子。」

我低聲地說著。也許人都需要傾訴，需要一個未曾在那個時空出現的人說點什麼，讓我們不那麼輕易被回憶捲入幽谷。

「我很怕忘記奶奶的味道。」握著茶杯的手忍不住收緊，茶的溫熱似乎沒辦法傳遞到指尖。「櫥櫃裡有一罐梅子，最後一罐了，已經錯過了最好吃的日子，但我不敢打開，怕吃完以後就再也想不起奶奶醃的梅子是什麼味道，也怕鼓起勇氣開封之後卻發現我小心彌封的玻璃罐裡，存放的早就不是記憶裡的酸甜。」

人總是這麼膽小。

害怕失去，卻在害怕之中不斷失去。

「每一個春天的梅子都有不同的味道。」穀雨的嗓音輕輕撫過我的耳畔，在夜裡，如同來自夢境彼端的喃唸。「如果是我，我會希望妳不要錯過任何一個春季的梅子。」

「你曾經錯過什麼嗎？」

「人能錯過的事情太多了。」穀雨輕輕扯動嘴角，眼尾拖曳著濃重的苦澀。「有些人想留住時間，但也有一些人被困在時間裡面。」

「小滿一天要睡16個小時，在牠的世界裡，時間的流動比人類更快，也更慢，但牠有自己的步調。所以，稍微停下來也不會怎麼樣，比起奮力追趕時間衝向比其他人更遠的終點，我更傾向找一張舒適的椅子好好地坐下。」我給了他一個微笑，「你訂的椅子很快就會到貨了。」

然而他卻垂下眼眸，迴避了我的注視。

在逐漸瀰漫的沉默邊界沾染上隱約的嘆息。

「等到時間開始流動，午夜十二點的鐘就會被敲響了。」

我剛剛說，這裡沒有需要變身的灰姑娘，他卻又提起了午夜十二點的鐘聲。彷彿一種隱喻。又或者預告。

「我要去洗澡了，盤子跟筷子明天再洗吧。」

我想，或許只要快步踏出這份迷離的氣息便好，卻在我即將跨出邊緣之際，他的字句先一步落地。

「灰姑娘終究是一個說謊的人。」

07

我不是很明白，卻沒有餘裕進行更多的思考。

因為不久前才來過的小諒居然又出現在客廳，我立刻閉起雙眼，一定是我打開這個早晨的方式不對，深呼吸，我再度睜開眼睛，小諒依然坐在沙發上，而穀雨正遞給他一杯香氣馥郁的咖啡。

不是幻覺。

「今天不是假日。」

「失戀的人不在乎時間。」

「九個月。」我認真地點了點頭，「至少你有一個季節不需要想起對方。」

「是九個月又十六天。」

「失戀的人不在乎時間，你說的。」我在小諒身邊坐下，安慰地拍拍他的肩膀。「不過，你和那麼多人經歷相同的季節，要怎麼決定哪個季節該想起誰？」

小諒不爽地拍開我的手。

「回憶不是能被決定的，妳多失戀幾次就會懂了。」

「說得好像誰沒失戀過一樣。」

我跟小諒的視線不約而同投向穀雨，他徹底無視我們的目光，專注地摸著小滿圓滾滾的肚子。

「你要住多久？」

「七天。」小諒癱躺在沙發上，自嘲中透著濃濃的疲憊。「看到時候能不能把自己的魂招回來。」

我跟著靠在椅背，像水滴魚一樣軟趴趴地倒在他的肩膀，又側過頭招呼穀雨來我右側落座。

穀雨一臉不解，我以不容拒絕的氣勢握住他的手。

「一起幫小諒稀釋痛苦。」我悠悠慢慢地說明，不讓自己過於在意自他手心傳遞而來的熱度。「以前流行過幸運信的遊戲，要多寫三封信把厄運分散給其他人對吧，我跟小諒就想到，如果我們之中有人遇見特別難過的事，另一個人就可以靠在對方身上，幫忙稀釋痛苦。兩個人的蒸發速度一定比較快吧，有時候程安也會被拉進來，就是我們另外一個朋友，開咖啡店那個，但他對傳遞的儀式嗤之以鼻，完全派不上用場。」

「奶奶過世的時候，小諒跟我一整天就靠在沙發上，沒看電視也不滑手機，也沒什麼聊天的力氣，大概是因為蒸發本身就很耗費能量。」

小諒忽然插話。

「小滿。」

他不是在呼喚貓，而是自顧自地開始一場接龍遊戲。

那時候的我們，體內被龐大的感情擠壓，任何一點細微的風吹草動都能成為一顆曼陀珠，啵——地掉進身體內部，誰也不知道那一瞬間會迎來無可挽回的爆炸。

有太多話語想要並且需要被訴說，我們卻說不出口。

於是我們開始拋出沒意義的單詞，接續，再接續，如同拋接球遊戲，經過一次又一次的練習、以及試探，我們練習將話說出口，也反覆確認拋擲而出的一切有人願意承接。

「滿月。」

停頓幾秒後，穀雨反應飛快地加入遊戲。絲毫沒有探究。

「月球。」

「球拍。」

「拍子。」

「不能用子結尾。」

「這種規定對子開頭的詞很不公平。」

「公平本身就很偽善，何況我不想當善良的人。」小諒說話的姿態像擱淺的金魚，帶著濕潤的水氣。「她說我是個善良的人，像她那樣卑劣的人不應該佔著我身邊的位置。」

也許是錯覺，縠雨的指尖似乎正輕輕地顫動，下一刻他抽回被我握住的手。

「吃點甜的吧，我看看廚房有什麼材料。」

他站起身的瞬間，我的身體有短暫的失衡，熱燙，接著冷卻。

小諒握住我的手。

「路蕎，」他閉著眼，輕緩地對我說：「不要再當一個善良的人了。」

「少自以為是了，她只是拉了兩張椅子，必須兩個人一起坐下才不會失去平衡，交往前你就知道她把你當忘記上一段感情的踏板，但你還是告白了，換個角度來說，其實你也是利用她的情傷換取一個機會，根本一點也不善良。」
「難怪妳煮的東西特別難吃，因為妳只會撒鹽。」
「只需要鹽就可以醃出很好吃的鹹菜喔。」
「我不想當鹹菜。」
「善良的鹹菜。」
「那我會考慮一下。」
「你那天為什麼提早走了？」
「因為我不想吃梅子。」
「我以為你會想盡一切辦法把穀雨趕走。」
「就像妳不會阻止我跟前女友告白，我也不會干涉妳收留他，反正，再慘就還有另一個人可以一起稀釋痛苦。」
「所以我也算是談了很多場戀愛吧。」
「也不算。」小諒無比認真地下了總結，「嚴格來說是妳失戀很多次，但沒有戀愛。」
「真慘。」

小諒忽然開心地笑了出來。

「比我還慘。」

在我跟小諒互相傷害的過程，廚房傳來一陣甜蜜馥郁的巧克力香味，兩個人對看一眼，非常默契地起身往香味的來源移動；沒想到，才剛抵達，還沒能奪旗便聽見裁判吹響哨音宣布比賽無效。

「放涼之後才能吃。」

我跟小諒其實不是很介意，但穀雨介意，而掌握布朗尼的人是他。

待在香氣逼人的屋子裡堪比酷刑，我們三個決定展開一場說走就走的小旅行——到公園旁的花圃賞花。

方形花圃種了一片藍雪花，儘管藍雪花的花期不短，卻很難碰見完全盛開的模樣，偶爾是雨，更多的偶爾是路過人們的摘採。大多數的人總是恣意的，即便明白那是一種犯行，卻仗恃著不會受罰而任意妄為。

「禿了一半。」

「比去年好多了。」

「明明是漂亮的景色卻讓人難過，失戀的人需要布朗尼。」

「但也是有好人，隔壁那個老是喜歡指手畫腳的王奶奶上次逮住拔花的人大罵，還要里長架一台監視器。」

「善良的鹹菜。」

三個人蹲在花圃前有一搭沒一搭地閒聊，正確來說，是穀雨聽著我和小諒東扯西扯。

「欸，你們知道嗎？藍雪花背後有一個很慘的愛情故事。」

「比我還慘嗎？」

「慘多了。」我伸出手指戳了戳藍色花瓣，一邊回憶曾經看過的農場文。「據說有一個戰士愛上敵方公主，為了在一起，兩個人只能逃跑到很偏僻的地方隱居，但最後戰士還是死了。」

「超沒創意的故事。」小諒意興闌珊，用一種無聊的口吻說著。「從一開始就站在對立面的兩個人，相愛本來就不是一件好事，就算他們成功逃到一個新的國家，公主有一天也會想起來，她的國家是男人的同伴滅的，她的家人也是男人的同伴殺的，她的愛情不是見不得光，而是一旦見了光就會被迫看見一件又一件她不願意面對的現實。」

「你真的很黑暗耶，跟戰爭沒有關係，男人是被熊咬死的。」

「如果是熊我OK。」

「……公主呢？」從頭到尾都安靜聆聽的穀雨忽然詢問，隱約透著一定要得到答案的固執。「公主最後的結局呢？」

「她用一塊藍色的布幔結束生命，腳下開了一片藍雪花。」

「所以大家都死了，除了熊。」

「也許故事最後的結局是熊和伴侶從此過著幸福快樂的日子，因為闖進牠們棲息地的戰士和公主都離開了。」

「滿好的。」

我跟小諒心有戚戚焉的點頭，每一場悲劇都會有幾條通往美好結局的岔路，從小我們就將這一點視為成長的信念。

「我前女友跟她前男友復合了，我連熊都不如。」

「等一下給你兩塊布朗尼。」

「在跟我提分手之前就一起出去過夜了。」

「……再多給你半塊。」

「她還——」

喀嚓——

小諒才剛起頭的話戛然而止，細微的機械音尖銳地竄進我的腦袋，像一根尖刺用力扎向我的意識深處，我反射性地抱住頭，呼吸變得異常急促，小諒立刻護住我，但他的聲音變得失真遙遠。

「妳慢慢呼吸，沒事，我會處理好的。」

其實不必小題大作。我沒事的。真的。我想這麼告訴小諒，整個身體卻動彈不得。

「顧著路蕎。」

小諒將我的手交給穀雨，接著走向聲音的來源，幾句交談聲傳來，我聽不清楚，也沒有餘力分辨。

我討厭這樣軟弱的自己。

「路蕎——」

「……我沒事。」

終於擠出一句單薄的回應，想撐開微笑卻宣告失敗，我低下頭不想看見穀雨眼中的探究，又或者憐憫，但下一刻他輕輕施力，將我帶進他的懷裡。

我聽見他的心跳，以及一聲悠長的嘆息。

之後他說：

「對不起。」

賞花小旅行潦草結束，賣慘換取布朗尼的小諒並沒有良心發現，仍舊逼迫我兌現割讓兩塊半布朗尼的諾言。

我的盤子中央孤零零擺著半塊布朗尼，又甜又心酸。

「分妳一半？」

「不用啦，本來就是我要給的，如果轉身就跟另一個人要，不是很卑鄙嗎？」我叉起一小塊布朗尼放進嘴裡，苦甜的滋味瞬間迸發。「你剛剛幹麼跟我說對不起？」

「我……」

瞥了一眼獨自坐在客廳沙發的小諒，我用著只有兩個人能聽見的聲音說話。

「不是你的錯，她們是熊，跟主角完全沒有關係、單純是路過的熊。」

方才的一切甚至談不上事件。

不過是兩個被藍雪花吸引的女孩，走近之後卻發現穀雨的側顏比鮮花更盛更耀眼，於是悄悄地拍了照，快門聲卻洩漏了她們的行徑。

「其實有資格不開心的是你，畢竟你才是被偷拍的人，只是運氣不好碰到反應更大的我，結果大家都忘了你才是受害者。」

「我運氣很好。」穀雨圈出了一個我甚至沒注意到的詞，「碰到妳，對我來說是一件運氣很好的事。」

我忍不住噗哧一笑。

「這麼認真說這種話真的會想笑耶。」

「路蕎……」

「沒事。真的。也不是什麼必須遮掩的事，其實我算是逃回來吧，以前發生過一些事情，我的個人資料被放上網路公審，一開始只是收到各種來自網路的謾罵和私訊，漸漸地有人闖進我的生活、我的公司，不過前主管人很好，替我申請遠距上班……只是畢竟在城市，每個地方的每個人都拿著手機，儘管明白與我無關，我卻忍不住往糟糕的方向一直想，後來有一天我突然發現其實我可以從那座城市逃開。」我又吃了一口布朗尼，「突然覺得我跟亡國公主滿像的。」

「完全不像。」

「嗯？」

「妳比公主堅強多了。」

我又笑了。

「你一臉正經說這種話真的會想笑啦。」

「我——」

「不用小心翼翼地對待我，我的過去跟小諒的失戀，本質上沒什麼不一樣，都只是某個人生命中的一場痛苦，慢慢就會被蒸發、被稀釋。」我說，格外堅定地。「穀雨，我們只是需要時間。」

人生跟醃漬梅子其實也沒什麼兩樣，都需要時間發酵、醞釀，誰也不能肯定添加的最佳的鹽糖比例，也不能斷言最好的開封時間，在入口之前，誰都無法得到答案。

我們只是需要時間。

「如果沒有熊，戰士跟公主會有幸福的結局嗎？」

「我不知道，可是他們決定一起逃跑，不管是好的或者壞的，都是他們做出的選擇。」我抬起頭，給了穀雨一抹微笑。「這一切很痛苦，我沒有辦法否認，但我跟小諒從小就相信，所有的悲劇裡面都會藏有通往美好結局的路。回到老家之後，我才發現奶奶為了不讓我擔心，隱瞞了罹患癌症的事，我開始想，或許我用前面的痛苦換到了一段陪伴奶奶的時間，對我來說是很划算的交易。」

抬起手我捏了捏穀雨的臉頰，滑膩的手感讓人有點嫉妒。

「不要露出難過的表情，這樣太對不起你做的布朗尼了。」

說完，我乾脆地吞嚥下盤子裡最後一小口布朗尼，苦中帶甜，人的日子大多都是如此的滋味。

於是那一抹淡淡的甜，便成了更加彌足珍貴的存在。

因為遇到熊，就寢前我得到了一杯蜂蜜牛奶。

我跟小諒坐在門前的小矮凳，一人捧著一杯溫熱甜膩的牛奶，小口小口地啜飲，偶爾望向滿天燦爛的星斗，在星光的縫隙又忍不住偷覷正在窗邊讀書的美好少年。

「有點甜。」

「他好像誤會我們喜歡吃所有甜的食物了。」

「喝吧。」小諒從來不會辜負另一個人的好意，「我剛剛看到他多給妳一勺蜂蜜。」

「要跟我交換嗎?失戀的人需要更多的糖分。」

「我不想七天之後變成甜的木乃伊，看那傢伙的架勢，我們可能每天都會被迫攝取大量糖分。」

我垂下眼眸，視線落在腳邊的一顆灰色粗糙的小石頭，路燈光線帶來的陰影將它切分為二。

「有時候我覺得自己像一個漩渦，不管我願不願意，身邊的人都會不可避免地被我捲進混亂之中。」

小諒嗤笑了一聲。

「妳上午的話還給妳，少自以為是了，要說起來，每個人都是或大或小的漩渦，我的失戀也影響到妳了，甚至連跟我無關的那傢伙也受到牽連。妳逛街途中忽然轉一個圈多少會撞到其他路人，就是這種程度的事情而已。」

「但是路人不會想盡辦法在我們的食物裡添加砂糖。」

「他可能是比較站不穩的那一個，妳一撞他就摔倒了。」小諒咬牙將甜滋滋的蜂蜜牛奶一飲而盡，「不過，妳最近胖了一點，衝擊力也變大了。」

「你今天睡沙發。」

「就算我睡浴室也改變不了妳的質量。」小諒忽然側過身，慎重而嚴肅地抓住我的肩膀。「所以妳，千萬不能再攝取多餘的糖分了。」

「……我盡量。」

「給我肯定的答案，像我前女友一樣堅決。」

「我不愛你。」

小諒沉默了三秒鐘，捏住我肩膀的手默默地用力。

「……不是這個答案。」

「我會想辦法。」

小諒露出勉強的表情，想了幾秒鐘後點點頭，似乎是打算放過我了，達到目的之後他站起身準備洗澡。

他不喜歡濕答答的浴室，所以總是第一個洗。

小諒大步走回屋內，我還沒收回望向他背影的目光，另一道身影便疊加而上。糓雨慢慢朝我走來，在小諒方才待的位置坐下。

「不喜歡蜂蜜牛奶嗎？」

「也不是，只是有點甜，需要慢慢喝。」

他朝我伸出手，「給我吧。」

糓雨的姿態和話語都非常直接乾脆，能夠清楚被理解而不被誤會，但我的思緒推進了幾步後又面臨一個岔路口，究竟是「給我吧，我去倒掉」又或者「給我吧，我喝」？

我不想辜負他的心意，讓牛奶被倒進流理台，卻因為想知道答案，終究是將馬克杯遞給他。

他一口氣將甜膩的蜂蜜牛奶喝光，我有些慌亂地收回視線，暗自告訴自己，那不過是一個極其普通的動作。

小諒會和我分食。程安會跟我搶食。他不過是替我解決剩下的牛奶，這沒什麼的。

但他是穀雨。

打從一開始就清楚劃出界線的穀雨。

我忍不住抬頭瞥向身邊的他，恰巧迎上他閃爍著水光的黑眸，如同他從星光的縫隙緩步走來，一步一步，縮小彼此圈畫的邊界。

「明天去踏青吧。」

他說。

似乎又往前走了一步。

第一次由他主動向我遞出一起去做些什麼的邀請。

「……好。」

08

天氣實在是好過頭了。

小諒以抓住救生圈的姿態緊緊抱住棉被，窗外透進的灼燙日光給了他抵死不從的力量。

「我的夢裡有一座花園，還有海，大概有一萬公頃，不管你們去哪裡踏青，都不會看見比我夢裡更好的風景。」

「你已經醒了。」

「沒有一個人能夠肯定另一個人是不是在夢裡面。」小諒一個翻身將自己埋進被子裡，聲音悶悶地傳了出來。「我是蝴蝶，我該去的是我的花園。」

裝睡的人叫不醒。

執意要遁入夢中花園的小諒也喊不起床。

於是這場臨時起意的踏青，終究只有我和穀雨一同啟程，我們搭上前往海濱的公車，顛簸搖晃的柏油路像一道道波浪，偶爾會有這樣的事，在我們抵達海之前，一波波的浪就先撲打而來。

「有一段時間我很喜歡一個人搭公車，選一條很長的路線，在公車最後一排的位子坐上一個小時，接著就下車；因為路線很長，我不會是第一個上車的人，也不會是最後一個下車的人，我只是一個誰都不會特別在意的人。」

一次又一次，反覆地告訴自己，再也不會有人將目光投向我。

可是忽然，又有一種不知該往何處的茫然在我心中浮現，明明我有屬於自己的住處，卻不能肯定那究竟是否是我的容身之處。

見到穀雨的第一眼，有一瞬間我嗅聞到一股似曾相識的氣味，不能簡單定義為孤獨，而是整個人被一層厚重的、透明的膜緊密包覆住，在外人看來明明能夠走近的距離，卻無論如何也觸碰不到彼此，但誰都找不到解方。

像被樹液包裹住的昆蟲。

美好的少年，彷彿美麗精緻的琥珀，摔落在雨幕之中，破碎得讓人無法視而不見。

「高中畢業之後我就沒搭過公車。」穀雨那雙沉靜的眼望向窗外飛馳而過的街景，低啞的嗓音像浪的聲音。「我爸媽在我小學五年級那年離婚，我媽帶著我回宜蘭的外公家，沿途都是我媽壓抑的哭聲，在安靜的客運上特別難以忍受。我不知道能怎麼辦，一邊心疼我媽，另一邊又覺得難堪，好像我媽把悲傷擺在明面上是一件不應該的事情，這件事我困惑很久，後來我才知道，能坦率地展露難過，是非常需要勇氣的事。」

「你難得說那麼多話，是拐彎想誇獎我很有勇氣嗎？」

他輕輕扯動嘴角，卻沒有轉向我。

「我想告訴妳，我和小學五年級的自己沒有多大差別，都是懦弱又膽小的人。」

「反正你長得一臉未成年，時間會給你更多的寬容，所以慢慢來也沒有什麼的。」

公車的報站廣播聲響起，離我們的目的地只剩一站。

我低頭翻找包包裡的悠遊卡，卻不小心弄掉鑰匙，落在他的腳邊，而我必須以一種曖昧的姿勢才能撿起鑰匙。

算了。

到站再撿吧。

「踩住我的鑰匙，不要讓它滑走。」

「我撿吧。」

不等我反應，他便用右腳輕輕將鑰匙推到我的腳邊，我很想解釋這其實不是手搆不搆得到的問題，而是——

很好，我想他這下明白了。

他彎腰探出手撿起鑰匙，上半身卻必須貼靠在我身上，往下的弧度不容易發現異樣，卻在抬頭起身的半圓路徑之間，每一公分的移動都過分趨近。

到站了。

我佯裝不在意地從座位起身，卻忘了全台灣公車司機都配備急剎的技能，急促的停頓讓我瞬間失衡，我再度跌回座位，並且重重壓在穀雨腿上。

短暫開啟的車門在一個女學生下車後又再度闔上。

「下一站再下吧。」

「……兩站或、三站吧。」

我深深吸一口氣，逼自己不要思考他回應中含藏的延伸意義。

輕輕地點頭，「反正下車鈴在你旁邊。」

海比想像的更遠。

幸好，醫院也沒有多近。

我們多坐了五站，在即將多一段票的前一站穀雨按了下車鈴，儘管稍微偏離了向海而行的踏青路線，但我仍然思索著如何調整路線，直到公車呼嘯而去，我終於做出了一個艱難的決定。

「走吧，五分鐘跟三十五分鐘在我們漫長的人生中其實沒有太大的差別。」

「我可能走不了。」

有些無奈的嗓音砸向我的腦袋，我默默進行了幾次深呼吸，極力揮散方才公車上的窘迫，龜速轉身望向我身旁的少年，不、他已經是男人了。

我朝向他遞出一個納悶的表情。

「我的左腳好像扭到了。」

好像。

他的用詞稍微委婉了一點。

仔細一看，他的唇色比平常蒼白許多，整個人站立的重心也不正常的傾斜，我沒辦法多想，立刻跨前一步充當他的支撐點。

——妳最近胖了一點，衝擊力也變大了。

小諒的評語如同詛咒在我腦中瘋狂循環撥放。

「我沒事，到旁邊便利商店坐一下就好。」

「你當初的傷也沒上藥吧。」

「嗯？」

「被揍的那些傷口。」

「……沒有。」微妙的停頓之後，他又補充了一句：「是互毆。」

少年的心思敏感，長成男人之後也一樣頑強地維護自尊。

我扶著穀雨到便利商店外的鐵椅坐下，確認他坐穩之後我卻沒有鬆手，維持著彎腰的姿勢，過於趨近，逼迫他不得不直視我的雙眼。

「不要輕忽自己受的傷。」我的聲音很輕，卻說得非常慢。「任何一道傷口，都會帶來疼痛，你必須比誰都在乎自己的傷口，因為你不會知道，這世界上還會不會有另一個人會替你上藥。」

我忽然鬆開他，站直身體往後退了一步。

「我去買冰塊跟繃帶。」

在我轉身之際穀雨猝不及防地拉住我。

「路蕎，我不值得妳對我這麼好。」

「你是不是忘了，你腳扭傷是因為——」

「因為公車司機開車技術不好。」

——所以，不要對我有所愧疚。

他美好的臉龐閃現一抹輕淺的笑容。

卻有些悵然。

他幽深的眼眸倒映著我的面容，瀲灩的流光之中第一次流露濃烈直白卻難以訴說的情緒，幾個呼吸之後，他放開我的手腕，殘留的溫度很快便消散無蹤。

應該到此為止的。

本應如此的。

然而我卻——

「對我來說，你是一個值得的人。」

我發揮久遠前軍訓課習得的包紮技能佐以奶奶傳授的包粽子技巧，勉強固定住穀雨扭傷的腳踝。

外觀什麼的不是很重要，何況有他本人的顏值，其他瑕疵都能一概無視，我們很有默契地將視線往上挪移。

海邊是去不成了，然而向海而行的旅途沒有中止，因為我意外發現附近居然有一間以海島風格為主題的自拍館。

「自拍的商機真的無窮無盡。」我隨手拿起一頂遮陽草帽替穀雨戴上，「所有死亡裝扮在你身上都能被完美消化，我戴就像準備去捕魚。」

「晚餐吃檸檬魚吧。」

「你知不知道，每次報菜譜的時候，你的背後都會出現一道聖光。」

我跟穀雨屈膝坐在角落的沙坑，恰好在空調的出風口，搭配店家播放的海浪聲與島國樂曲，只需稍稍閉起眼就彷彿真的置身在海邊。

呼吸之間甚至能聞到淡淡的海水鹹味。

「真的好像海邊，還沒有太陽。」

「但終究不是真正的海。」

「真正的海就一定比較好嗎？」我忍不住打了個呵欠，「比如說吧，在小諒眼中他夢裡的花園比真正的花園更吸引他，我們從小大到都被『真的』、『好的』這類的標籤限制住了吧，我記得有一次跟小諒排了兩個小時的隊買到一盒夢幻布丁，布丁用的食材都是最好的，跟十幾塊的便宜布丁根本是完全不同層次的甜點，可是我跟小諒還是更喜歡吃起來假假的布丁。」

我說：「比起真假，好或者不好，我們喜不喜歡、或者需不需要，應該更重要吧。」

轂雨沉默很久，聽著浪潮的拍打聲，有幾個瞬間我都感覺到自己正在搖晃漂蕩。

我想了一下，又刻意打了個呵欠，緩慢地、緩慢地傾斜，悄悄地靠上他的肩膀。

「所以你知道我的重點是什麼嗎？」

「不要執著真正的海嗎？」

「我想吃布丁。」

比起海，香甜的布丁更實在。

偶爾我們總是花費太多的力氣在遙遠的事物上，於是沒有足夠的心思好好關注當下的日常。

「蜂蜜牛奶口味嗎？」

「……你的聖光沒了。」

縠雨低聲笑了，笑聲帶起的細微震動和浪潮聲疊合，我的心口彷彿被掀起一陣陣的浪。真正的浪。

「門票錢都花了，至少也要拍一張照再走吧。」

掏出手機，我伸長手將兩個人容納近鏡頭之中，意料之外地，映現在螢幕上那張精緻的臉龐，視線並非追隨鏡頭，而是落在我的臉上。

我忍不住側過頭，迎上他的雙眼。

像一道漩渦。

漩。渦。

任何的言語在海的裡面都是蒼白並且無用的，出風口的氣流彷彿隨著漩渦一起捲動，接著是我的瀏海，他的呼吸，我和他周旁的一切都被拉往同一個中心點。

那張好看卻有些削瘦的臉龐不斷趨近，逐漸佔滿我的視野，最終只剩下那一對浩渺的黑眸。上頭有我的倒映。

我幾乎要被他的鼻息吞沒——

下一刻，我握著的手機猛然傳來震動與音樂，我猝不及防地嚇了一大跳，差點被漩渦拉進海底的我瞬間返回現實，手機鈴聲還在響著，我悄悄平息紊亂的呼吸，這才後知後覺發現我的手傳來不容忽視的痠感。

是小諒的來電。

「做什麼啦？」

「幫我帶晚餐回來。」

「你的花園有很多花蜜！還有，」我克制不住埋怨的語氣，卻不敢深想背後的涵義。「現在才中午！」

「未雨綢繆。」

「氣象預報說這一整個星期都不會降雨。」

「所以？」

「不會有雨，也不會有晚餐。」

氣象預報總是不準。

才剛走出店家門口，一場瓢潑大雨便毫無預警地落在我和穀雨的腳步之前。

「小諒的運氣永遠比我好。」

「嗯。」

「倒也不用附和得這麼乾脆。」

「妳身邊的人運氣都比妳好。」穀雨望著滂沱的雨勢，唇邊漾開一抹淺笑。

「因為我們都遇見了妳。」

我的心跳得好快。

分不清那嘈雜的鼓動究竟是大雨的撲打或者心臟的撞擊，我想移開視線卻動彈不得，忍不住我伸出手輕輕觸碰他的眼尾，他的睫毛正顫動著。

「你的眼角沾到雨水了。」

收回右手，我將染有他溫度的指尖放進外套口袋，明知道只是徒然，卻仍舊想留住一些什麼。

「幸好沒去海邊，不然我們現在大概是兩隻在海灘負重前行的雞。」

「晚餐改成鹹水雞好了。」

我忍不住笑了出來，凝滯的空氣恢復了正常的流動，身側的男人依然擺著一副淡漠的神色，然而映現在我眼底的他卻越來越豐富也越來越鮮明。

「坐計程車回家嗎？」

「等雨停吧。」

「也好。」

於是我和穀雨蹲坐在騎樓下，像兩朵小小的蘑菇，藉由雨的滋潤悄悄從土中冒出頭來。

這樣下去，晚餐的菜色會太過豐富。

「路蕎……」

「想到新菜色了嗎？」

「不是。」時間在他的唇邊有了短暫的停滯，在風即將吹撫而來之前，他抬手擋住了風。「如果雨一直不停，就搭車回去吧。」

「你想問我曾經發生什麼事吧。」穀雨側過頭，眼神中帶著詫異，我聳了聳肩。「你問過小諒，在這種事情上我跟他通常不會有秘密，他今天賴床不肯跟我們一起出門，大概是想把決定權交給我。」

「妳不用——」

「不用逼自己說出口，不用逼自己回憶。」我打斷穀雨的聲音，給了他一個微笑。「小諒當初也是這樣說的，但其實我們都很清楚，越是閃躲就越是證明自己被困在過去。」

我緩慢地說著，被大雨包覆的兩個人必須非常專注才能不錯漏對方的每一個字句。

「公主的國家已經覆滅了，一旦她認清這一點，並且好好接受這個事實，她就不會再是亡國公主了。所以，」我伸出食指在空中畫一道隱形的線，「像這樣，人的生命裡有很多條看不見的線，讓我們一直在原地鬼打牆，但只要畫出線來，就會突然發現困住自己那麼久的一切，也不過是一個跨步就能踏過去的事情。」

過去的幾年裡，小諒時不時會來陪我，那時候的我去不了太遠的地方，於是我們總是在住處附近漫無目的地散步；忽然有一天，小諒帶了一雙筷子，是前一天買滷味附的免洗筷，他大方地分給我一支。

「給妳，魔杖。」

「能變出我下個月的生活費嗎？」

「做人不要那麼現實。」

「你昨天跟我搶貢丸的時候才叫我認清現實，不要妄想在深夜十二點吃消夜不會胖。」

「昨天已經過了。」小諒轉頭望向我，神情異常認真。「路蕎，每一個昨天都已經過了。」

「所以今天有了魔杖。」

「嗯。」小諒舉起免洗筷，彎下身在我前方的泥土路面上畫出一道清晰的線。「像這樣畫一條線，跨過之後，世界就會重新開始，只要妳學會這道魔法，就能慢慢往前移動了。」

從那之後，我跟小諒總是帶著各自的免洗筷出門，在路的前方不斷畫著線，一步一步往前跨過。

直到我們終於將那道魔法牢牢記在心底。

我看向穀雨。

「如果你願意的話，當作一個故事聽也可以。」

無論多曲折的故事，起點都是簡單的相遇。

我和男孩第一次見面是在公司附近的派出所，接到員警通知後我才發現自己的錢包掉了，匆忙趕到警局認領，員警語帶隱晦地要我仔細確認財物是否遺失，順著他的目光，我瞥見一旁坐著一個單薄的男孩，他試圖板起臉掩飾情緒，卻因為太過稚嫩而突顯了他的煩躁與緊張。

錢包少了一張千元鈔票。

不期然地我和男孩對上視線，他倉皇地別開眼，我收起了錢包，告訴員警錢包裡的財物都在。

我跟男孩說了謝謝。

謝謝他替我撿起錢包，男孩的神色有些狼狽，緊緊抿著唇沒有給我任何回應，下一刻便轉身快步跑離我的視線。

我以為事情就到這裡為此了，卻沒料到這不過是一切的序幕。

「妳為什麼要幫我說謊？」

結束工作後我正打算到附近超商解決晚餐，沒想到卻在路口遇到來回踱步的男孩，沒有鋪墊也沒有預告，如同他的單純直白，一開場就扔來了一句疑問。

「是你先幫我把錢包送到警察局的。」

「我不需要妳的同情。」

我無奈地嘆了口氣，「錢包裡只有兩千塊的人，才不會用一千塊去表示同情，果然是沒出過社會的孩子。」

男孩聞言，一張臉寫滿不服氣卻又無從反駁，他的一隻手塞在外套口袋裡，隱約能看見用力握拳的輪廓，我猜想，他或許正處於某種劇烈的拉扯之中，需要那張千元鈔，卻又想將鈔票歸還給我。

「請我吃晚餐吧。」

「什麼？」

「封口費，你被我抓到把柄了，不是嗎？」

男孩沉默了幾個呼吸，最後似乎是鬆開了口袋裡的手。「我會還妳錢。」

「嗯，在那之前，先付利息吧。」

十分鐘後，我和男孩坐在超商座位吃著熱騰騰的泡麵，他欲蓋彌彰地和我隔了一個座位，彷彿害怕我追問任何一切關乎於他的線索。

「要喝飲料嗎？」

「不要。」

「我請客。」在男孩拒絕之前，我先一步命令他。「當作跑腿費，我要一瓶綠茶，剛好第二件五折，你沒有選飲料的權利。」

男孩板著臉接過我給的百元鈔，離開座位前還默默收拾了泡麵碗筷，在他俐落的動作之際，我隱約看見他藏匿在他袖口底下的瘀青，仔細一看，甚至能發現他走路的姿勢不太尋常。

我不是一個善心氾濫的人，但某些人之間時常會有一種特殊的緣分，趁著男孩排隊結帳，我撥了一通電話給程安。

「你家客廳可以住人嗎？」

「如果是妳就不行。」

「是一個小屁孩，看起來像貓一樣，實際上是一隻柴犬。」

「我對寵物過敏。」

「他住多久，我就幫你掃多久的廁所。」

「浴缸也要刷。」

「連鏡子都幫你擦！」

「來的時候順便幫我帶一杯珍奶，全糖全冰。」

「你遲早變成糖漬檸檬。」

我冷哼了一聲，才掛斷電話，男孩便抱著綠茶回到座位，我粗魯地旋開瓶蓋，大口地灌下大半瓶。

沒多久我跳下高腳椅，以不容拒絕的口吻對男孩說：

「走吧。」

「去哪裡？」

「無家可歸的人去哪裡重要嗎？」

「誰說我——」

「你只有一次選擇機會。」我平靜地望向男孩，「當別人朝你伸出手的時候，你要記住一點，就是也許對方只會伸出這一次手。」

「為什麼？」

「不知道。」不帶一絲敷衍，我非常認真地回答男孩。「很多時候，我們總是會做出一些自己無法理解的決定，但既然我做了選擇，我就不會後悔，所以，你只需要考慮你自己就好。」

看著男孩臉上的掙扎，我忍不住揚起一道笑容。

「好心提醒你，雖然我是個漂亮大姐姐，但說不定是個壞人，你看起來應該能賣個不錯的價錢。」

男孩低頭猶豫了很長一段時間。

直到我喝光寶特瓶裡的綠茶，他終於戰勝內心拉扯，成了我的小尾巴。

他扭捏地跟在我身後，繃緊神經拚命記下沿途的線索，我覺得有點好笑，又有點心酸，忍不住想起我被爸媽送去跟奶奶住那天的路途。我總以為只要自己把路記得夠熟，有一天就能回到爸媽身邊，卻沒想到窗口從來不賣回程的車票。

我將男孩囑託給程安。

離開時，我偶然回頭卻意外對上男孩泛著水光的眼眸，像一隻被遺棄的柴犬，我鬼使神差地折返，給了他一個承諾。

「有事就打電話給我，我會過來。」

「……嗯。」男孩鼓起勇氣抬頭看向我，「周諭齊，我的名字。」

「我叫路蕎，那傢伙是程安。」

周諭齊在程安的客廳安置下來。

日子一旦變得安穩就會過得飛快，程安替周諭齊找了一份餐廳的工讀，我們在休假日一起窩在程安的客廳進行各種活動，看電影、玩桌遊，或者和被外派到菲律賓的小諒視訊乾杯。

「欸，那個小屁孩是不是怪怪的？」

「剛失戀的人看誰都不順眼。」

「搬椅子準備跳窗也在你們的正常範圍內嗎？」

小諒風涼的話音剛落，我跟程安驚慌地跳起身，匆忙抓住準備跳窗逃亡的周諭齊，這時我才聞到他身上傳來濃濃的酒味。

「你偷喝酒？」

正在發酒瘋的男孩沒有任何理智，察覺自己逃亡失敗之後他忽然崩潰大哭，收留他以來這是他第一次釋放壓抑的情緒，他什麼也做不了，就只是哭，哭得讓人心頭發酸。

我和程安對視一眼，兩個人無聲地嘆息，卻有默契地輕輕拍著周諭齊的背。

一夜過後，酒醒的男孩並沒有失去昨晚的記憶，反而因此找到一把鑰匙，費力地扭開那扇被他緊緊關上的大門。

「我是跳窗從家裡逃出來的，我媽把我鎖在房間裡，在我『認錯』之前，我不能離開房間。」

他說自己已經習慣這類的對待，從小只要自己的行為不符合媽媽的期望就會受到處罰，有時候是羞辱，有時候是體罰，又有的時候是毀掉他珍貴的所有物，但能怎麼辦呢？她是自己的媽媽啊，所以他努力地成為媽媽理想的樣子，只是不管他花再多力氣，在媽媽眼裡永遠都不及格。

「我以為自己已經習慣了。」

周諭齊用乾啞的嗓音又低聲重複一次。

在那樣壓抑並且缺乏自我的生活裡，他小心翼翼地替自己找到一個樹洞，他把嚮往的事物和心中珍藏的一切一筆一筆畫在紙上，那是他的世界，僅屬於他的世界，只要握著畫筆，他不只能成為自己，更能成為每一個他想成為的模樣。

沒想到，他擁有的小小世界在一瞬間便被毀壞殆盡。

「我記得是十一點十分，因為我的鬧鐘被砸爛在門邊，最好笑的是，秒針還滴滴答答地轉圈，明明再怎麼努力往前走都只會在原地轉圈圈，真的超好笑的……我媽一上來就給我一巴掌，之後開始用東西砸我，不管是枕頭還是獎盃，反正都一樣，她嘴裡一直說自己怎麼會生出我這種劣質品，她朋友的兒子、她前同事的女兒，還有我哥，反正，誰都比我好……」

他沉默地站在原地，媽媽的痛罵和打砸都被隔離在他的知覺之外，沒關係，他很快就能回到屬於自己的世界了。他是這樣想的。

沒想到，媽媽卻翻出了他藏在床墊底下的畫本，一張一張地撕毀，他終於忍耐不住上前奪回自己的畫本，卻換來了一場更驚天動地的控訴。

畢竟，那是他第一次反抗媽媽。

幾天後，媽媽以無比冷酷的姿態扔棄了他房間的每一樣物品，甚至替他請了長假，因為他的反抗必定是從哪個同學身上學來的壞心；媽媽在他房門外落了鎖，除了三餐和家教課，誰也不能打開那扇門。

何況他遲遲不肯認錯。

最後，他趁著半夜從三樓跳窗逃跑，跟同學借了幾千塊，開始了在街上遊蕩的日子。

「那幾天我一直覺得，我的生命像死結一樣，如果不是撿到路蕎的錢包，我可能——」

「可能會遇到更溫柔的人。」

我打斷他的低喃，輕輕彈了他的額頭。「小孩子不要一臉苦喪，我奶奶說，人不是因為遇到好事才會笑，而是先學會笑才能遇到好事。」

程安用力揉了揉他的臉。

「你還小，多的是時間慢慢找一條新的路，不要拚命想要怎麼去解開死結，把視線轉開之後，你會看見到處都是不同的可能性。」

我們都是這樣相信的。

然而上天並沒有給周諭齊足夠的時間找路，他的前方就被自己的媽媽抬手阻擋了。

餐廳的打工暴露了他的行蹤，在那之前誰也沒有察覺風暴的預兆，幸運的是強風侵襲的那一個午後，程安的住處只有我一個人。

「……後來呢？」

穀雨的詢問很輕，染著些許小心翼翼，像夢境深處吹撫而來的風，我望著沒有絲毫轉弱跡象的大雨，有短暫的失神。

我記得，周諭齊被強行帶走的那一幕，他的雙眼之中像藏著一場再也不會停歇的暴雨。

然後我們都閉起了眼。

以為看不見，就能讓告別變得輕巧一點。

「他被帶回去了，本來我跟程安就站不住腳，不管出發點是什麼，他就是一個未成年的男孩。」我笑了笑，「所以不管是程安還是小諒，第一時間都想要確保你已經成年了。」

「妳幫了他，妳跟程安，曾經給了那個男孩一道光。」

「如果是這樣就太好了，後來我只收到過一封很簡短的信，說他要出國了，不過，我相信他會過得很好。」

穀雨安靜地望著我，時間流逝得非常慢，他的右手探向我，卻在觸碰到我臉頰之前停下。

「那麼妳，過得好嗎？」

「應該是好的吧，雖然當初度過了一段很難受的日子，有一部分的我也還困在那裡，但誰也沒有拋下我往前走……而且，我還學會魔法了耶。」

其實是很難受的。

那一段充滿痛苦的時光。

周諭齊的媽媽用盡了一切資源和人脈，拚了命地想在我和程安身上貼上一張張十惡不赦的標籤，彷彿只要確認了我們的惡意，周諭齊短暫的迷途就只是一場受害的歷程，而不是「汙點」。

她找尋各種罪名起訴我，寄發黑函到我的公司，最終將我的個人資料放上網路接受公審，她是一個愛子心切的媽媽，我則是誘拐未成年男孩的惡徒。

唯一值得慶幸的是程安被屏除在這場風暴之外，卻也因此在他心底埋下一顆歉疚的種子。

他開了天光，或許是想藉此證明，我們當初對周諭齊伸出手並沒有錯。

我沒有錯。

在我讓穀雨住進家裡之後，儘管程安一再提醒我不要重蹈覆轍，卻從來沒有出手制止。

或許，我們都一樣傻。

如果當初那個男孩能因此獲得稍微美好一點的人生，那就太好了。

「雨好像不會停了耶。」

「說不定會一路下到夏天結束。」

「小滿太久沒曬太陽也會變成蘑菇。」我想了一下，「貓罐頭的錢就能省下來了。」

「路蕎。」

「嗯？」

「我們走回去吧。」

「……用走的？」

「買一把傘，慢慢走回去。」

「你的腳沒問題嗎？」

「至少，能多走一段路也好。」

我們終究沒能實現這場雨中漫步。

設想了各式各樣的理由，誰都沒料到結局會落在店員滿不在乎的一句「傘賣完嘍」，他甚至指著剛踏出門的襯衫大叔，告訴我們最後一把傘就在對方身上。

——你們想要的，近在咫尺卻得不到。

我揮去腦中莫名其妙的念頭，決定不要追究店員到底懷抱什麼樣的意念。畢竟架上還有輕便雨衣這種產品。

沒想到，穀雨還在仔細查看輕便雨衣的尺寸，我恰好瞥見超商外有台正好靠站的公車，沒想太多便拉起他的手往外衝。

我們踏上濕漉漉的水泥地面，狼狽地追趕啟程的公車，逼得司機不得不重新開啟已經闔上的車門。

「啊、你的腳還好嗎？」

「沒事。」他遞給我一包面紙，示意我擦乾頭髮。「我以為妳不急著回家。」

「看見公車就追了。」我無奈地嘆氣，「你以前一定沒有搭過校車。」

「有，不過我通常提早十分鐘到站牌。」

「所以結論你還是不懂。」

「嗯，我不懂。」

「你跟一開始被揍的樣子不太一樣了。」

「……是互毆。」

我忍不住笑了出來，敷衍地點頭。「欸，你讀高中的時候是什麼樣子啊？長相跟現在差不多吧？」

「我染了金髮，還戴耳釘。」

「戴耳釘的黃金獵犬？」我不敢置信地瞪大雙眼，「真的假的？」

「我在美國念書，那間學校不太管儀容，我爸也隨便我，他只讓我不要做壞事。」

「你爸爸真好，我以前只是塗個指甲油就會被我爸罵半天。」

「也就對我來說他是個好爸爸而已。」

「怎麼辦，戴耳釘的黃金獵犬形象太鮮明了，我整個腦袋裡全都是那個畫面。」

穀雨一臉無語地看著我，似乎後悔提起這件事。

可惜已經發生的過去沒辦法被掩蓋。

直到我們到站下車，我的嘴角依舊時不時會溢出笑容，穀雨渾身散發無奈的氣息，最終給了我無可奈何的笑容。

「我去路口的便利商店買傘，妳在這裡等我。」

「好。」

我忍不住又笑了出來。

穀雨輕輕嘆氣，「反正我以後也不會再染金髮了。」

10

雨嘩啦嘩啦地下著。

六台公車從我眼前駛過，現在是第七台，上下車的乘客裡有三個人沒帶傘，還有一個假裝沒帶傘的男孩悄悄湊近身旁的……另一個男孩。

我從來不知道公車站原來也是個適合消磨時間的好地方。

穀雨離開得有點久。

大概足夠他那雙瘦長的腿來回折返八次，也足夠讓一隻非洲大蝸牛悠閒地移動到便利商店買一片好吃的生菜。

第七台公車開走了。我決定前往便利商店。

「……結果還是逃不過淋濕的命運。」

我抬起手，試圖用手掌的小小面積遮擋雨勢，多少有些徒勞，儘管明白這一點，在抵達之前，我還是盡可能地不讓瀏海被打濕。

結果右手倒是沾滿水氣。

「……你把她的人生當作遊戲嗎？」

「我從來沒有這樣想過。」

「那你就——」

——就怎麼樣？

激烈的對話戛然而止，彷彿我闖入了一個不屬於我的空間，打亂一切的節奏，我停下腳步，眼前的兩個人也按下了靜止鍵，唯有沾附在我右手的雨，順著我垂落的指尖滴滴答答地落在地面。

「程安？」我不解的目光在兩人緊繃的臉上來回，有一種直覺將我的困惑噤聲，我斂下眼眸，不知何時我成為了一個擅長無視疑問的人了。「今天天光不開店嗎？」

「天花板漏水，差點把我的音響弄壞。」

程安故作輕鬆地聳肩，視線巧妙地迴避縠雨在的方向，既沒有解釋方才的衝突，也沒有端出粉飾太平的笑容，就只是簡單直白地無視那裡還站著一個縠雨的事實。

有些什麼正在發生。

程安朝我跨了一步，將手中的折疊傘塞進我的掌心，溫熱的觸感在冰涼的雨天裡膨脹放大了好幾倍。

「雨很大，不要再淋濕了。」

程安說完話，沒等我回應便逕直踏進雨中，快步地朝另一端奔去；他說著讓我別再淋濕，卻任由雨瀑澆淋在他身上。

明明穀雨的手中握著兩把傘。

我望向穀雨，他卻錯開了視線，沒有看向我，也不去看程安那漸行漸遠的背影。

穀雨用那雙能做出奇蹟般料理的手撐開透明傘，他舉著傘，將大部分的傘面傾向我這邊。

「走吧。」

我瞥向他另一手握著的傘，以及我掌心裡的折疊傘。

儘管我們都可以不被淋濕。

雨總是比我們想像的還要大。

「嗯，還要幫小諒買晚餐。」

「下雨的時候喝點熱湯比較好。」

「嚴格來說，熱水也算是一種熱湯。」

「路蕎。」

我和穀雨在紅燈前停下腳步，雨滴順著傾斜的傘在我右側形成一道水瀑，在地面濺起比周旁更大的水花。

打從一開始穀雨就以捧著秘密的姿態來到我的面前，我知道的，每個人都懷抱著各式各樣的秘密，這並沒有什麼，我們依然能夠好好地生活下去。

每個人都有秘密。我們都有。

「我——」

「小滿剛來的那陣子，隔壁的王婆婆一直說牠是從大學附近那個高級社區跑出來的貓，言之鑿鑿地說著貓的主人如何的悲傷、又如何地奔波尋找，雖然誰也不知道是不是真的，但她說的次數多了，好像我就慢慢變成了一個侵佔貓的人。所以有一天，我就抱著小滿到那個社區繞了好幾圈，以防萬一，連附近幾個社區也走了一遍，在更遠的一個守衛室外面，我真的看見一張貼有小滿照片的尋貓啟事，我把牠放在長椅上，但連續三次牠都跳回我的懷裡，最後我就抱著小滿，沿著一開始的路慢慢走回家……我想，也許那個社區的某一間屋子裡確實正有一個人正在為了貓難過，但如果貓願意當我的小滿，我不介意成為一個侵佔貓的人。」

我稍稍地停頓，呼吸，感覺掌心正冒著汗。「然後，我和小滿就一直生活在一起了。」

穀雨沉默了很久。

直到那盞熟悉的街燈映現在我們眼前，小諒正坐在廊下的長凳逗著貓，小滿不耐煩地甩了甩尾巴，卻沒有離開的意思。

「如果能成為小滿，應該是一件幸福的事吧。」

夜半雨就停了。

程安發了四十度的高燒，我和小諒急忙將他送到醫院，折騰到天亮他才終於退燒，輾轉地醒來，又睡去。

我和小諒一人捧著一杯超商咖啡，濃郁的咖啡香氣和病房獨有的消毒水氣味融合成難以言喻的印象。

「如果把點滴的葡萄糖水換成美式，那傢伙會立刻精神百倍的醒來吧。」

「試看看嗎？」

「先在點滴袋最上面開一個洞，把美式倒進去……去買一杯 espresso 好了，這樣濃度才夠……」

「路蕎，我死了妳就要繼承天光。」

「啊、醒了。」

「在兩個謀殺犯旁邊誰睡得著。」

程安坐起身，蒼白的神色裡混著一絲無可奈何，瞥了一眼只剩下三分之一的葡萄糖，幽幽地嘆了口氣：「妳去買 espresso 吧。」

程安非常討厭醫院，這也是我和小諒非得留下來守夜的原因，畢竟他曾經扯掉針頭漏夜從病房逃脫，只是他從來不談這件事，我和小諒也理所當然地當作沒有這回事。

「護理師說下午醫生來巡房才能知道你什麼時候能出院。」

程安生無可戀地癱回病床上，倔強地別開臉，彷彿只要望著那片擦得異常乾淨的窗外，便能假裝自己不在病房內。

然而當人虛張聲勢地別開視線，只是突顯了另一側正擺著不容忽視的、某些什麼。

我想起昨晚程安刻意不去看穀雨的神情。

「欸，你認識穀雨嗎？」

「不認識。」

「你們昨天說了什麼？」

「不記得了。」

「你是小學生嗎？」

程安煩躁地坐起身，乾燥的雙唇開闔了幾次，飄移的視線在我和小諒之間游移，他一貫是衝動的形象，但實際上他卻是我們三個人之間心思最細膩、考慮最周全的人。

「我認不認識那傢伙是我的事，就像現在我指著徐文諒說他在妳房間裝了監視器天天偷窺妳，妳就會信嗎？」

「你舉例也是不用到這麼具體。」

我瞪了小諒一眼，他給了我一個無辜的表情，但程安全然無視我們的小動作，耙了耙已經亂七八糟的頭髮。

「不管是我還是徐文諒，越是靠近的人越要提防對方。」

「可是，這樣人生還有什麼意思。」我不確定打著葡萄糖的人需不需要額外的水分，卻還是遞給他一罐礦泉水。「我相信你跟小諒，是我決定要相信的，願意像刺蝟一樣把最柔軟的地方袒露出來，和你們一起四腳朝天地做日光浴。如果哪天你或者小諒突然掏出一把刀子捅向我的肚子，那也是我的選擇。」

話應該說到這裡就好。

可是我卻忍不住為穀雨多說一句話。

「何況，如果穀雨真的是那麼糟糕的一個人，你應該一開始就會插手吧。」

程安的臉色難看得要命，他的臉頰肌肉繃得死緊，握著瓶裝水的指尖泛著不正常的白色。

小諒伸手將我往後拉，拍拍身旁的位置要我坐下，一個微小的動作讓緊繃的空氣稍微鬆弛一點。

「你們知道，有個總統被子彈射中，但因為肚子的脂肪保住一命嗎？」

「我一點也不想知道這種小知識。」

「往往就是小知識拯救了一個人的人生，例如流鼻血的時候，只要把兩根中指勾在一起，就能很快止血，我就是這樣和安娜在一起的。」

「但兩個月之後就分手了。」

「至少以後只要她流鼻血就會想起我。」

「你這種想法好變態。」

「路蕎。」程安的神情恢復如常，語氣卻有些壓抑。「不要當刺蝟，當烏龜吧，至少肚子有殼。」

「烏龜沒辦法翻身耶。」

「做日光浴的代價真大，不是被刀捅，就是沒辦法翻身。」小諒風涼地說著，

「不過，陽光就是這麼讓人渴望的存在吧。」

「但是天光生意不好，真慘。」

「嗯，真慘。」

「真的不好意思喔，我沒把天光經營好，所以我還不起錢，不然你們再多投資一點？」

「不要跟失戀的人要錢，這樣我就人財兩失了。」

「不要看我，除了貓我一無所有。」

我打了個呵欠，徹夜未睡的人一旦鬆懈就難以抵抗睏意，程安無奈地瞪了我一眼。「床給妳睡。」

「我睡一下下就好。」

沒有客氣，我脫了鞋子就爬上硬邦邦的病床，程安把粗糙的棉被扔到我身上，恰好是肚腹的位置。總感覺他特別關心我肚子的安危。

我不擅長熬夜，其實本來就撐不太住，另一邊傳來兩道壓低的男聲，漫無目的地說著話，諸如天光今晚該休息吧、小諒又手賤點開前女友IG、手腕上的軟針真的好想扯掉、在醫院就想喝酒吃雞排……

然後我聽見小諒問：

「穀雨有什麼問題嗎？」

「路蕎讓你問的？」

「沒有，我只是覺得他是個還不錯的人，雖然一副有很多秘密的樣子，但不管是誰都有說不出口的事。」

「穀雨。」程安像在咀嚼這個名字一樣，停頓了很長的時間，久得我以為自己是在作夢。「你知道什麼樣的人沒辦法堂堂正正地說出自己的名字嗎？」

程安的語氣異常嚴酷尖銳，我忍不住發冷，或許是因為醫院空調溫度實在太低了，又也許是病房的被子缺乏保暖的功能。

「一種是掩蓋過去的人，一種是不敢面對過去的人，這兩種人，不敢說出口的理由卻都一樣，都是奢望一份自己不應該得到的東西。」

我是被捏著鼻子醒來的。

迷迷糊糊地睜開眼，還沒來得及反應就被小諒拎起來，踩著虛浮的腳步離開病房，簡直像盜取病人的行動劇。

「醫生說程安可以出院了，但妳睡很熟，他又忍了一個小時，我覺得他好像快變成轉圈圈的獅子。」

「其實你可以不要叫醒我，直接把我帶回家。」

「我們討論過，但技術上不太可行。」

我忍不住翻了個白眼，「你去報名健身房吧，聽說很容易有命中注定的邂逅。」

「我前女友的現任就是健身房教練。」

抱歉。我開了錯誤的話題。

沉默是最好的回應，可惜我們總是寫不出最好的答案。

「那不就證明我的論點是對的。」

「路蕎，我的手有點沒力氣。」

「我錯了，我愛你，就算全世界的女人都變成你的前任，我一樣會陪在你的身邊。」

「你們兩個可以走快一點嗎？」

「執行面很困難。」

「你不是讓我當烏龜？」

程安快步朝我們走來，作息顛倒又剛發過高燒的傢伙居然孔武有力地將我和小諒一把塞進計程車裡，他飛快地報了天光的地址，下一秒就擺出生人勿近的表情，成功讓打算開啟熱情對話的司機偃旗息鼓。

程安一向很擅長拿捏人性。

醫院到天光的路程不長，大半時間耗費在等待號誌轉換的倒數之中，奔馳的小綠人在燈號轉紅的瞬間立定，但誰也不能肯定小綠人是不是抵達了彼端。

反正天是亮的。

天光的招牌在午後明豔的陽光照耀下顯得格外灰白，夜裡卻是整條街上最顯眼的存在，人總是有適合存在的場所、或者時間點，程安總是這麼說，如同春天醃漬的梅子，總是有最適合品嚐的賞味期間。

「小諒你陪程安吧，盯著他不要開店。」

「嗯。」小諒瞥了我一眼，伸出手輕輕彈了我的額頭。「妳的肚子脂肪夠厚，就算被捅了一刀，也還是能撐到我去救妳。」

「你表達支持的方式真是獨樹一格。」

「因為我是特別的人。」

任何解釋都不需要，只稍我一個動作的流轉，他便明白了我所要去的方向。他從不阻攔，也不挽留，卻會在每次我啟程前堅定地告訴我——他會替我圈劃一個安全的防空洞。

忽然我往前跨了一步，撲進小諒懷裡，輕輕地擁抱著他，幾個呼吸之後，小諒緩慢抬起右手在我背後拍了幾下。

隨後我們極有默契地推開彼此。

「有點噁心。」

「下次不要了。」

「你們到底要不要下來？」

程安的身軀有一半沒在通往地下室的樓梯，催促的語氣中卻沒有真正的催促，我朝他揮了揮手。「等你完全恢復之後我再來幫你開店。」

我們總是不需要說再見。

踩著緩慢的步伐，感受著粗糙路面的反彈，直走再左轉是最快返家的路徑，我卻迂迴地繞路、轉圈，逛了幾間我甚至沒有興趣的店。

程安真的是非常擅長拿捏人性的人。

他不將穀雨的一切質問擺在桌面，每一步動作卻都讓埋藏在彼此心中的疑問更膨脹一些，不需要太多，就像咖啡裡的方糖，一點一點地添加，有一瞬間便會極其突然地超出人能負荷的臨界值。

「人心真複雜。」

蹲在雜貨店的門口，不大的騎樓正好能遮擋午後的陽光，豔烈的日光卻咄咄逼人，必須隨時提防它跨越那道岌岌可危的牆。

忽然有一道影子覆蓋而來，在日光之間劈出一條裂縫，猝不及防地，多了一塊黑暗，卻也多了一些餘地。

我抬起頭，忍不出露出詫異的神情。

「……穀雨？」

「小諒說妳會回去。」

有太多省略的言語，畢竟我花了五倍的時間還沒走完回家的路，無論是烏龜或者蝸牛，都已經抵達牠們各自的目的地。

——可是我們，想要抵達的目的地在哪裡？

「程安還好嗎？」

「燒很快就退了，他雖然日夜顛倒，但身體比我跟小諒還要好。」

「要回家嗎？」

「嗯。」我輕輕點頭，又搖了搖頭。「我腳麻了。」

他朝我伸出手，掌心攤開，我把發熱的手疊放上去，卻找不到適當的施力點，安靜地望著眼前的他，像一幀定格的歷史照片。

最後他彎下腰，將我抱了起來。

公主抱。

我嚇了一大跳，錯愕地仰起頭卻迎上他沾染笑意的唇畔，沒有發出笑聲，笑意卻震盪著周旁的空氣，我悄悄地靠往他的肩上，嘴角勾起一絲隱晦的弧度。

「小諒說我的肚子有一層厚厚的脂肪。」

「脂肪比重比肌肉小。」

「一公斤的脂肪跟一公斤的肌肉哪邊比較重？」

「小滿那邊吧。」

「人果然需要養一隻貓。」

穀雨笑了。

像被柔軟的貓毛搔撓到敏感的肚腹一樣，沒辦法遏制的笑意從他胸腔的位置發出共鳴，和心跳的聲音一起。

「你一晚沒睡嗎？」

「嗯？」

「就是有這種感覺。」

「你們接到電話之後匆忙出門，我以前遇過這種事，雖然理智上知道不會有太大的問題，妳也傳了訊息，但也沒辦法有睡意。」他笑了出來，「確實，人果然需要養一隻貓。」

「但小滿實在吃太多了。」

「路蕎。」

「嗯？」

「妳不好奇我是誰，又或者我從哪裡來嗎？」

他低啞的嗓音以一種沾染沉默的方式落在我的肩上，腳步沒有任何滯礙，彷彿他只是在討論一道晚餐的菜餚。

「偶爾吧，畢竟是一起生活的人，我也想知道小滿到底有沒有欺騙鄰居小白貓的感情，不過我沒有要你們交出秘密的權力，也不想用蠻橫的方式滿足好奇心，人都有過去，也都有秘密，對我來說，你就是穀雨，就算改名成為立夏或者立冬，你也還是你。」

「有些時候，只是一個名字就會讓一切完全翻覆，妳說過的藍雪花的故事，如果調換公主和戰士相遇的軌跡，在他們相愛之後才得知彼此的身分，我想會變成一個完全不一樣的故事。」

「所以，你也有那麼大的秘密嗎？」

沉默如蔓生的雜草纏繞著我們，必須費力地撥開枝葉，才得以傳遞聲音。有些費力的。

「嗯。」

到最後穀雨也只能夠擠出一個瀕臨潰散的單音。

我忍不住抬手攀附住他的肩膀，稍微用力地，讓他被固定在我的身邊。

「但你在這裡就只是穀雨。」

我深吸了一口氣，屬於他的氣味、清爽的金萱沐浴乳香味竄入我的鼻息，我拍了拍他的肩膀，讓自己的語調顯得歡快輕巧。

「小小年紀不要把事情想得太複雜，膠原蛋白會流失很快的。世界很殘酷，這一點誰也沒辦法，不過啊，天黑之後總是會有天亮的；公主和戰士也許有另一個版本的故事，但他們也可能擁有另一條幸福的路。」

他迴避了我的隱喻。

同樣拋擲回一道輕快的回應。

「我年紀不小了，比妳還大一點。」

「怎——」

我愣了一瞬，直覺就要反駁，但衝到唇畔的話語又被嚥下，縠雨偶爾會迴避問題卻從未給出謊言，我瞪大一雙不可置信的眼，仰起頭死命盯著他光潔並富有彈性的臉頰。

「……你有什麼保養的秘方嗎？」

「天生的。」

「……我需要靜一下。」

可惜我冷靜不下來，比起這個少年……不、這個男人的來歷和姓名，我更無法接受他年紀比我大。

「大我很多嗎？」我控制不住躁動的手，摸了兩下他光滑的臉龐，他似乎嚇了一跳，但我受到的驚嚇絕對不亞於他。「我可以接受你童顏，但這個皮膚狀態不對吧！」

他稍稍低下頭，狀似無辜卻包藏禍心地又重複一次。「天生的。」

世界總是充滿惡意。

我一邊想，又抬起指尖偷戳了他的臉頰，他側頭投來視線，逮住我的犯行；我的動作定格在犯罪的瞬間，但凍結住我的並非他的凝望，而是他的呼吸。

太過熱燙，又太過靠近。

彷彿只要我稍微再將頭仰起一些，又或者他再將下巴壓低一點，兩個人的唇齒便會觸碰到彼此的邊界。

我的心跳猝不及防地加速，失序，我分不清是屬於誰的溫度正在蒸騰，有些什麼正在失控。

其實我也不那麼想抵抗。

僵直的指尖逐漸放軟，從他的頰邊滑過，彷彿拖曳的船帆，在手指離開他臉頰的瞬間，我輕輕地一個用力，我們之間便揚起一道風。

我的唇貼上他的下巴。

很快便歸於平靜。

也許這事件一切的翻覆總是在如此的轉瞬之間。

「路蕎……」

「你們怎麼在這裡？」

困惑的聲音打亂了風的流向，是小諒趨近的腳步聲，我垂下頭埋在穀雨的胸前，不想洩漏任何端倪。

他又問：「一個小時前路蕎的腳還沒斷吧？」

「你才腳斷。」

「那就是穀雨的手會斷掉。」

我隨手掏出口袋的面紙扔向小諒，他乾脆地接住，慢悠悠地拿出手機做出投球的姿勢。

——我的手機。

「我的腳已經斷了，就不要讓我心也碎了吧。」

「今天我睡程安店裡。」

「好。」

小諒留下我的手機之後便匆匆轉身離去，彷彿他的到來只為了打亂方才在我和穀雨之間的那一陣風。

然而已經掀起的漣漪卻再也無法止息。

我輕輕將臉貼靠在他的肩上，感受著他脈搏的跳動，急促的、不如他神情的平靜；他一步一步踩踏在不平整的柏油路面，細小的起伏卻被放得異常的大。

「到了。」

他被打斷的話語終究沒有接續。

等在門前的小滿發出悠長的叫聲，一切和我昨夜離開時並沒有什麼不同，但我和穀雨都清楚地感受到，有些什麼、決定性的因素在我們察覺之前便已經悄悄變質。

「穀雨。」

「嗯？」

「明天是星期三。」

「吃南瓜布丁嗎？」

我的心泛開薄霧一般的酸澀，思緒轉了一圈，最終化作一抹輕淺的笑容，朝著眼前的男人點了點頭。「好。」

穀雨從市場買回來一顆碩大飽滿的南瓜。

也許是一種天賦，他挑選的食材總是格外鮮甜可口，但他卻突然捧起南瓜，仔細地傳授我挑選的技巧。

「只要想辦法挑出外觀最漂亮的南瓜，就不會有太大的問題，還有，新鮮的南瓜會有淡淡的甜味……簡單來說，就是找到讓妳最有好感的那一顆南瓜。」

充滿好感的南瓜被擺上砧板，一刀被劈成兩半，濃郁的南瓜香氣瞬間竄滿整間廚房。

我有些倉皇地往後退了一步，試圖尋找離開廚房的理由，穀雨的話語卻早我一步拋往空中。

「一起做南瓜布丁吧。」

「……你知道我的廚藝只比小滿好一點。」

「食譜很簡單，從頭做過一次就能記住了。」他熟練地拿起湯匙挖出南瓜籽，「人總是會有特別想吃甜點的時候，學會之後，妳就不需要等著另一個人做了。」

我沒有回應，他卻不如以往地揭過話題。「妳就學會醃梅子了，不是嗎？」

「梅子也不是我一個人醃的。」

「但妳一個人也能做到。」

「我——」

「路蕎，南瓜布丁就只是這種程度的料理而已，誰都能輕鬆做出來。」

確實。

製作南瓜布丁的步驟非常簡單，蒸熟南瓜、混合食材、過篩，最後放進電鍋，連我也能流暢地完成。

甚至等候的時間也只需要15分鐘。

彷彿一切真的如此簡單輕巧。

我和他蹲在流理台邊，凝視著電鍋冒出的蒸騰煙霧，我們肩並著肩，卻隔了一道微小的縫隙。

足以掛上一道布簾的縫隙。

昨天夜裡小諒撥了電話給我，提醒我拔掉吸塵器的充電線，又漫不經心地抱怨幾句程安趁他不注意用黑咖啡吞服感冒藥，東扯西扯，話題中的水分幾乎都要被擰乾，他卻遲遲不切斷通話。

最後他沒了耐心。

「如果妳沒有想說的話，我就掛斷了。」

「欸，你知道嗎？穀雨說他的年紀比我們都還要大，超荒謬的吧。」

「我知道啊，我看過他的身分證。」

「什、什麼時候？」

「上次看俗濫愛情片的時候偷看的。」小諒打了個呵欠，「不然我怎麼可能真的讓妳跟一個陌生男人同居。而且他東西就大剌剌擺在桌邊，門也沒鎖，錢包一翻開就有好幾張證件，防備鬆懈到根本是等著妳開門偷看吧。」

「但是……」

我低聲嘆了口氣，找不到適當的言語，小諒似乎是打了個呵欠，嗓音中混著些許睡意。

「他比誰都清楚總有人會想辦法弄清楚他的來歷，把證件隨便放在桌上就是他表明的態度……我覺得，他大概沒有多想要隱藏身分，雖然不知道是什麼原因沒辦法好好自我介紹，但有些時候就是這樣，就算是稀鬆平常的事卻說不出口。怎麼說呢，大概是需要一個把布幕揭開的工讀生吧。」

布幕。

這兩個字滑過我的心底。

「布幕揭開之後，你看見什麼了嗎？」

「不知道。」小諒沉默了幾秒鐘，似乎是嘆了一口氣。「真正的布幕大概還沒被揭開吧，路蕎，妳記得高二那年我追的美術班女生嗎？」

「我記得。」

高二那年，小諒熱烈追求起一個靦腆像小兔子一般的美術班女孩，和他沉靜的個性截然相反，他的喜歡總是熱情直率並且從不掩飾，於是整個圈子都了然小諒的心情。幾乎每一個他們共處的場景都會傳來喧鬧的起鬨聲，好像一切都被擺在桌面上，只等著女孩一個稍微明確的表態。

高中生的戀愛大多都是這樣進行的，某一方釋放一些訊號和一些荷爾蒙，周旁的人事物都會扮演起授粉蝴蝶的角色，飛旋到另一方的花園領土裡，等待他揮動出進入下一階段的旗號。

沒想到，女孩卻堅定地認為那只是所有人的誤解與玩鬧，非得等到她親口聽見小諒說出「我喜歡妳」三個字，才願意相信一切是真的。

對於女孩而言，旁人的言語都不能作為證據，必須小諒親手掀開布幕。

「雖然不太一樣，不過就是那麼一回事吧。」

喀——

電鍋的鍵跳起來了。

穀雨握著抹布，小心地揭開電鍋熱燙的蓋子，霎時間霧氣氤氳了整個空間，只隔著一步距離的他顯得朦朧模糊。又遙遠。

「你在等我問你是誰嗎？」

「也許是吧。」

後來我想，或許那個美術班女孩其實是明白的，只要她不打出前往下一階段的暗語，所有的一切便都能繼續維持原樣了。

「我不會問的。」垂下眼眸，我望向電鍋裡的南瓜布丁。「穀雨就是穀雨。對我來說就是這麼簡單的一件事。」

南瓜布丁冷卻之後，小諒拖著闌珊的步伐回來了。

他癱躺在沙發上，心安理得地享受穀雨替他泡的薄荷茶，更喪心病狂地逮住小滿逼迫牠充當抱枕。

「程安能活到現在真的是這個世界最大的寬容了。」

「你是個好人。」

「謝謝，我很多個前女友也這樣說。」他軟趴趴地斜躺在沙發上，小滿再次逃脫失敗。「我下午三點四十的車。」

正在替薄荷茶續杯的我的手僵在半空中，只填滿一半的茶杯終究沒有得到更多的溫度。

「我以為你會多待幾天。」

「所有的情傷都敵不過主管一通電話。」

「世界真殘酷。」

但無論我們如何批判世界的殘酷，小諒依然必須收拾行囊北上，回到那個他曾受傷的城市。

他說，或許他能找到一個替自己貼上 OK 繃的人。

「這其實滿公平的，想要找到能夠替自己療傷的人，前提是我們必須先受傷，就算到最後找不到那樣的一個人，至少我們自己也學會了包紮。」

小諒是一個現實卻又富有浪漫色彩的、矛盾的人。

我們都是矛盾的人。

在他轉身的瞬間，我差點伸手挽留他，明明冀望他能早一點擺脫失戀的痛苦，卻又隱微地企盼時間流速慢一些、再慢一些。他的告別彷彿一種訊號，屋子裡的一切擺設沒有任何變動，隱形的齒輪卻開始快速旋動。

夏天的風混進了一點秋天的味道。

「真奇怪，小諒明明待了快一個星期，卻有種他匆忙地來了，又匆忙離開的感覺。」

「也許是因為我們生命裡的每一個人，都是這樣匆忙地到來，又匆忙地離開。」

穀雨笑了。

「書看太多說話方式就會變成你這樣嗎？」

分不清是不是在開玩笑，他瞥了眼被我隨手扔在茶几上的言情小說。

「也可能會變成另一種說話方式。」

「例如，男人你不要玩火，這種嗎？」

他輕咳了一聲，依舊遏制不住他的笑意，我無所謂地聳肩，比起小諒和程安對我的鞭笞，他實在是太過溫柔的一個人了。

「男人，去吃冰吧。」我抬頭望向湛藍的天空，有幾朵雨慢悠悠地飄過。「再不把握，夏天就要過了。」

哈密瓜口味的雪糕賣完了。

我咬著第三順位的草莓優格冰棒，分不太清楚口腔中肆虐的究竟是草莓優格的酸爽，又或者是敏感性牙齒的酸爽。

「為什麼不買葡萄冰棒？」

「這是哲學問題。」

「我以為只是選擇順序。」

「雖然在挑口味之前，我心裡有排定優先順序，但實際上，買不到第一順位的口味，冰櫃裡的其他冰棒……嗯，聽見了吧，不管還有多少口味能挑也都被歸類在『其他冰棒』的範疇。」

整個冰櫃被拉出一條無形的線，一邊是我能接受的口味，另一邊是我不想嘗試的口味，無論是左邊或右邊，都沒有我想要的哈密瓜口味。

「妳比我以為的更果決。」

「也不是。」我托著下巴咬了一口冰棒，仔細想了一下。「應該說是我缺乏彈性，對別人來說，不是有那種『轉一下念』就能繞過去的狀況嗎？但我就是會卡在那裡，花很長的時間試圖通過，再花很長的時間放棄那條路。」

「可是人生很短。」

「也沒辦法。」

我無所謂的聳肩，儘管我因為如此的固執一次又一次遍體鱗傷，卻沒有設法改變自己。我並不討厭這樣笨拙的自己。

穀雨欲言又止。

大抵是有話想對我說的，卻又低頭默默吃著冰棒，清爽簡單的蘇打水口味，他似乎不喜歡強烈濃重的口味，出自他手的料理也總是清淡爽口，然而他的存在卻不知不覺成為這個夏日裡最濃墨重彩的一筆。

我們時常像一隻泅溺在溫水裡的青蛙。

溫溫柔柔的，熱熱暖暖的，以為整個世界再也沒有寒冬，卻沒料想到自己會一點一點地陷入炙熱。

「雨，停很久了。」

含在口腔的草莓優格隨著升溫越發甜膩鎖喉，我勉強將厚重的糖水嚥了下去，停頓許久，才勉強扯開一抹若無其事的笑。

「是啊，但很快就會有颱風了吧，冬天還有東北季風，畢竟是一座老是在下雨的島。」

「所以更應該趁著雨停的時候離開。」

離開。

冰棒棍上剩下最後一小口冰漸漸融化，黏稠的粉紅色液體滴落在黑褐色的塵土之中，一點一點被吞噬。

「我打包一些梅子讓你帶走吧。」

他輕輕搖頭。

下定決心一般側過頭來望向我，那嗓音平淡得讓人感到無比哀傷。

「其實我從來不吃醃梅子。」

「是嘛。」

垂下眼眸我遍尋不著方才那一滴甜蜜的氣味，早已空無一物的冰棒棍卻依然傳來馥郁的草莓香味。

像一場夢。

或許下一場大雨到來之後，一切便都會消散了。

「我不擅長告別，所以你離開的時候只要好好地把門帶上，我就會知道那是你說的再見了。」

「路蕎。」

「嗯？」

「記得把門鎖好。」

我睡得很不安穩。

到了下半夜索性放棄睡眠，偏著頭盯著窗戶發呆，心中有隱微的盼望，希望上天忽然降下一場大雨。

空氣裡飄散著水氣飽滿的濕潤，卻沒有任何雨的跡象，太陽一如既往地從同樣的方位升起，我聽見貓叫了幾聲，之後是門被開啟又被闔上的動靜。

我猜想，那也許便是離去的聲音。

在床上又躺了很長一段時間，腦袋一片空白，全身上下卻腰痠背痛，我學著一成不變的太陽，極其普通地刷牙洗臉，極其普通地喝水，又極其普通地打開冰箱——

冰箱裡疊放著整齊的保鮮盒。

「真是糟糕。」

每一個盒子裡都盛裝滿滿的料理，大概夠吃一個星期，我又起身拉開櫥櫃，小滿的貓罐頭也被補滿了。

隨手拿了一個保鮮盒，我蹲在流理台邊慢慢打開，是燉煮南瓜，也許是南瓜布丁的親戚，總之它們有著相同的終點。

我懶得拿湯匙，直接用手捏了一塊，冰涼的觸感滑進口腔，或許應該微波後再吃，又或許它本來就是道涼菜，如果是南瓜咖哩、南瓜濃湯這類的料理，我就能明快地做出決定；但有太多事物以模稜不清的狀態被擺在面前，必須蒐集更多的線索才能進行判斷。

明明是很簡單的事，我卻再也不會知道答案了。

沒什麼胃口，我卻仔細地咀嚼冰涼的燉煮南瓜，吞嚥之後又塞進下一塊，重複著差不多的動作，一點一點消滅保鮮盒裡的存在物。

或許這樣能消化得快一些。

我眨了眨眼，保鮮盒裡的南瓜似乎鹹了一點，也許是攪拌不均勻，也可能是我不小心滴進的淚水。

雨總是這樣的，起初是一滴兩滴，之後便是猝不及防的滂沱。

這場雨實在來得太遲了一點。

我抱著冰涼的保鮮盒，捂著嘴，壓抑地哭了出來。

這沒有什麼。

只是回到夏天之前的生活罷了。

等到冰箱被清空之後，一切便也就徹底地回到起初的模樣了。

小滿緩步走來，安靜地窩在我的腳邊，氤氳之中我卻彷彿看見不久前的那個午後。

那時的穀雨正握著菜刀俐落地切著洋蔥，隔著一段距離的我卻被刺激得淚流不止，他連忙替我拿來毛巾，朦朧之間我瞥見他緊張的神情，忍不住笑了出聲。

「只是被熏到眼睛，一下子就好了。」

「妳有眼藥水嗎？」

「沒有。」我不是很在意，反而有種置身事外的感覺。「多流一點眼淚就能自然把刺激物沖刷掉啦。」

穀雨不知為何似乎生起了悶氣。

他邁開大步離開客廳，那是他第一次甩臉色，我有點納悶，在我還沒思考透徹之間他又匆匆回來，拿著一盒新買的眼藥水，逼著我抬頭洗刷掉洋蔥的餘味。

「你在生氣嗎？」

「我不知道。」他隱約嘆了口氣，將眼藥水放進我的手心。「路蕎，不要放任自己流眼淚。」

「但那只是洋蔥啊。」

「人是有慣性的，習慣待在原地忍耐的人，在特別難過的時候，也還是會就那樣待在原地忍耐。」

穀雨說得沒錯。

現在的我，除了待在原地忍耐、等著淚水沖刷體內的哀傷之外，什麼積極的辦法都沒辦法思考。

我胡亂地抹去淚水，連一條擦乾眼淚的毛巾都沒有。

12

我每天吃掉一盒保鮮盒的料理。

南瓜、番茄、香菇、花椰菜以及一些五顏六色我分辨不出來的食材，穀雨的本意大抵是希望我能好好拿出一個餐盤，貫徹色彩鮮豔的一日三餐，我卻依然用固執的態度，讓每一天都只有一種顏色。

今天是綠色的。

川燙花椰菜旁邊擺著裝有沙拉醬的小盒子，至少我不必猶豫是不是應該加熱，我夾了兩顆梅子當配菜，酸甜的滋味在口腔蔓延的瞬間，突然我抬起頭環視整個客廳一眼，明明一切都沒有改變，卻有太多必須被消化或者消滅的存在。

「……真是奇怪。」

儘管如此，我們需要的只是時間。

冰箱裡的保鮮盒依序減少，小滿的貓罐頭也換上新的一批，人的悲苦喜怒都是這樣的，隨著日曬、雨水沖刷又或者輕風吹撫，慢慢褪色淡化並且稀釋。

保鮮盒還剩下兩朵花椰菜，玄關傳來拍門聲，我有點漫不經心地走去，透過窗看見程安的側臉。

「這時間你應該在睡覺。」

「來看妳是不是還活著。」

程安遞了一盒蛋糕給我，大老遠就能聞到香甜的草莓味，我瞥了他一眼，程安欲蓋彌彰地彎腰逗弄小滿，但從不帶伴手禮的人帶來一盒蛋糕本身就是最大的破綻。

「我沒事。」

「這句話我都聽膩了。」

我沒有食慾，但還是切了蛋糕和程安分食，我盯著兩朵倖存的花椰菜很長一段時間，最後在彼此的盤子裡各放了一朵鮮綠色的花椰菜。

程安僵了一瞬，跟我對看了幾個呼吸，最後他敗下陣，轉而糾結要先吃蛋糕還是先吃花椰菜的哲學議題。

我把草莓和花椰菜叉成一串，一口咬下。

也許一切會因此變得不大一樣。

「穀雨遲早會走，你不用太在意。」

「我在意的是妳。」

「原來你一直在暗戀我。」

「妳跟徐文諒之間我寧可選他。」

「不要奢望了，他看不上你。」

程安翻了一個非常高難度的白眼，不打算繼續接話，沉默地將蛋糕往嘴裡塞，我總感覺草莓蛋糕有點可憐。

「他去找過我。」

「是嘛。」

「他就是一個卑鄙的傢伙。」

程安的聲調帶著一絲咬牙切齒，他從提袋裡拿出一個資料袋交給我，我有種預感，指尖忍不住用力捏住資料袋，最後用著比樹懶更加遲緩的動作慢慢開啟。

裡面放了幾張鈔票，一張預購作廢的證明單。

我想了一下，應該是那張穀雨挑中的椅子的訂金，那張黑色的、平平無奇的椅子。

除此之外我想不出還有什麼他需要託人轉交的物品，但資料袋裡顯然還擺著另一個密封的公文袋，在我準備撕開封口之際，程安猛然壓住我的手。

「我不希望妳打開，本來甚至只打算把錢拿給妳，但是我不能替妳做決定。」程安望向我，深深地看了我一眼。「很多時候，轉身回望過去是一件很沒有必要的事。」

我想，是關於穀雨之所以成為穀雨的答案。

兩個人之間的僵持持續了一段時間，程安終究是收回了手，我卻沒有繼續開封的打算。

「我需要時間想一想。」

曾經我說過，穀雨就是穀雨，穀雨也只是穀雨，我不在乎他過去的樣貌，也不在意他如何找到我的門前。

然而，他離去之後，我忽然明白了一件事，一直設下界線的人其實是我，我既不想跟過去的他有所牽扯，也害怕涉入未來的他，我告訴他「穀雨就只是穀雨」，或許也幽微地暗示了某些什麼。

他是穀雨。

但他終究不只是縠雨。

那一天我的唇衝動地、蓄意地滑過他光滑美好的下巴，我應該比誰都更早預料到的，縠雨的離去，早已醞釀在我的唇邊。

是我先打破規則的。

密封的資料夾安靜地躺在茶几上。

偶爾答案近在咫尺，我們卻難以揭開，好像身體內部的能量還不足以因應那一刻的衝擊，其實有一點荒謬，縠雨離開的理由似乎比他離開的本身更難以令人承受。

儘管我還不能知曉那究竟是些什麼。

我決定去找貓。

不想一個人的時候至少還有小滿，但牠最近迷戀上鄰居家的小白貓，嬌嬌軟軟像一團棉花糖，無時無刻都散發甜膩的氛圍。

這麼可愛一定是隻公貓。

循著圍牆的陰影我緩步走向小白貓家，卻早一步在巷口遇見棘手的王婆婆，她激動地拉著一個中年女子口沫橫飛地說著話，我預備戰略性地撤退，她卻用一句話便讓我毫無退路。

「路蕎，她來找妳撿到的那隻貓。」

我不想上前。

然而王婆婆一個箭步就來到我的面前，不由分說地將我扯到中年女子跟前，她手中捏著一張傳單，照片裡的貓比小滿瘦一點，但我只消一眼就能肯定那確實是小滿。

畢竟，我曾經和小滿站在那張尋貓海報前很長一段時間。

「那隻貓呢？」

「……我不知道。」

無謂的抵抗，我明白。

很多時候人便是如此，費力地進行改變不了結局的反抗，我們僵持在巷口的光影交界之處，我望向中年女子憔悴的臉龐，她是小滿的過去，在小滿還不是小滿的時候他們生活在一起，而今天之後，在小滿不再是小滿之後，他們還是會生活在一起。

我忽然想，亡國公主和戰士也許都努力地藏匿屬於自己的過去，但總是會有一些人從那些無從逃躲的影縫裡竄出，撕裂彼此苦心營造的國度。

「貓是別人的就要還給人家，我就說那隻貓有人養……」

王婆婆尖銳沙啞的聲音幾乎要刺穿我的耳膜，她拉著我和中年女子穿梭在巷子，她喊著小滿，中年女子喊著喬爾斯，兩道截然不同的聲線和名字在我腦中形成不和諧的破碎音階。

最後是一聲貓叫。

「喬爾斯！」

我甚至沒有立場喊出小滿的名字。

那其實也不是牠的名字。

中年女子熟練地抱住小滿，或者是喬爾斯，貓有些不適地掙扎，我拚命忍耐著想搶回貓的衝動，聽著中年女子的道謝和貓尖細的叫聲，我垂下眼，不敢望向貓。

我既害怕牠眼中有渴求我留下牠的盼望，也害怕牠眼底沒有一絲對我的留戀。

「謝謝妳替我照顧喬爾斯。」

中年女子帶著貓走了。

我死命盯著柏油路面的一顆灰色石頭，在最後一刻，我還是控制不住地抬起眼望向貓離去的方向，恰好對上牠那雙時常寫滿無聊的漂亮眼眸。

貓的眼裡寫滿哀傷。

我彷彿又看見周諭齊被強行帶走的那一個畫面。

穀雨說雨停了，但怎麼我的世界，卻依然下著不知何時才能停歇的暴雨。

「幸好人家沒說什麼，不然要告妳侵佔貓也可以……那隻貓也不可愛，上次還把我的花弄死，早點被帶走也好啦……」

王婆婆還在喋喋不休。

這世界怎麼總是有那麼多充滿惡意的人呢？

明明他們對我們之間的事情一無所知啊。

我沒有餘力理會王婆婆，空氣變得過於稀薄，開始感到有些呼吸困難，我踩著踉蹌的步伐，扶著粗糙刮手的圍牆，一步一步朝家的方向走回去。

光影斑駁地落在我的身上，我拚命喘氣，盡可能讓氧氣進到肺腔，用著無力的手推開大門，又顫抖著關起門，仔細地鎖上，我牢牢記住了縠雨的叮囑，必須把門鎖好。

完成所有動作之後，我終於跌落在冰涼的地板，猛力地環抱住自己，過去的一切雜亂地匯合成一幅無序的潑墨畫，我想起奶奶，我想起周諭齊，我想起小滿，又想起縠雨。

他們都不是我能夠留下的。

我一直假裝自己很坦然，不在乎誰的離去，但其實我比任何人都盼望能夠有一個誰可以長長久久地陪伴在我身邊。

奶奶說，時間會給我們答案。

卻沒有告訴我，假如時間給出的是我們不想要的答案又該怎麼辦呢？

夜晚總是突如其來地降臨。

我花了一段時間慢慢適應黑暗，記憶斷裂了一部分，大概是昏過去了，除了四肢僵硬之外沒有太大的問題。

打開客廳的燈，花了一點時間適應光線，好不容易能正常地睜開雙眼，視線卻又落在茶几上的資料夾。

好像，也沒什麼值得掙扎的了。

雨停了。穀雨離開了。小滿被帶走了。短短幾天內日子好像天翻地覆一樣，但仔細想想，這間屋子以及我的生活也不過是回復到幾個月前的模樣。

本來也就只有我一個人。

我打開資料袋。

裡面裝著一張畫像和一條項鍊，以及一封信。

畫像是我曾經在穀雨的畫冊裡瞥見過的，他很快便掩上了畫冊，這一刻我才發現，畫紙右下角的簽名不是他的，是周諭齊的簽名。

布幕終究是被拉開了。

緩慢地展開信件，穀雨好看的筆跡顯得倉促凌亂，內容很短，讀不出寫信的人的情緒，彷彿單純在進行事項交辦一般。

他是周諭齊哥哥。

周諭齊託他將項鍊轉交給我，是生日禮物，儘管是三年前的生日。

畫像是他擅自放進去的，他想，希望我能看見周諭齊眼中的那個自己，是一個非常美好的人。

最後他說了謝謝。

我不清楚他是為了我曾經照顧周諭齊而說的謝謝，又或者是為了住在這裡的日子道謝，但無論是哪一方，我的胸口都浮現一股鬱悶感。

但有比這一切更重要的事。

我快速地撥了程安的號碼，指尖忍不住顫抖。

「怎麼了？」

「周諭齊……你說他偶爾會跟你偷偷聯絡……對吧？」

「路蕎……」

「你回答我是不是！」

「妳在家嗎？我現在過去，有些事在電話裡說不清楚──」

我沒等程安說完，直接掛斷電話，沉默地消化某些我早有預料、卻無論如何都不願意接受的心情。

世界真是殘忍啊。

太陽明明那樣的熾烈，卻有一些人拚命探出雙手也掬不滿一把日光，好不容易碰到些許溫暖，以為生命能夠因此有了盼望，卻只是一場幻夢。

「……真希望是一場夢啊。」

程安很快就趕了過來。

他的額際布滿綿密的細汗，壓抑著喘息聲，僵硬尷尬地站在我的面前，我居然還能有心思替他倒一杯涼水，又抽了幾張面紙給他。

「吹風會感冒的。」

「路蓁……」

「每次你跟小諒只要像這樣喊了我的名字又不說話，就一定有不好的事情。」我輕輕扯動嘴角，苦澀的滋味卻滑進我的喉頭。「後來想想，有些事情不是我們的預期，但對另一個人來說也不一定是壞的。」

「……妳怎麼知道的？」

「我不知道。」我安靜地嘆息，「跟你通了電話之後才確定的。」

我把穀雨留下的信遞給程安。

程安反覆讀了幾次，似乎沒有從那簡短又缺乏感情的文字中獲取更多的訊息，我拿出「據說是周諭齊託他轉交的項鍊」，銀飾在日光燈的照耀下閃動著刺眼的光芒。

「因為項鍊。」

望著銀飾的反光，我的眼睛有些疼痛，酸澀地分泌出無法克制的淚水。「你們都知道我不喜歡戴項鍊，從小我就不喜歡那種勒住脖子的感覺，周諭齊也知道，唯一不知道的人只有穀雨。」

穀雨翻看的日記大約是舊的，又或者零散的，周諭齊曾經說過要為我設計一款項鍊，在得知我對項鍊的排斥之後，他說會請店家改成手鍊；時間的斷點或許落在這一刻，他來不及改動，而他的心意終究以一種最讓我難以喘息的模樣交到我的手裡。

程安頹喪地將自己摔進沙發，像被抽光所有氣力一般。

「他說他撐不下去了，但希望妳以為他過得很好……我覺得這樣不對，這又是他的遺願，我不知道……」

穀雨的到來讓一切的拉扯重新轉動。

我說過，程安十分擅長拿捏人心，包括我的。

打從一開始，他便對穀雨展現一份恰到好處的敵意，並且反覆提醒我不要重蹈覆轍，他的強烈主張讓我對穀雨的身分有了隱約的準備，無論他是誰都好，縱使他懷抱著巨大的惡意，朝他攤開的掌心也是我做出的選擇。

程安以他的言語姿態迷惑著我，在真正的布幕之前又懸掛上一張布幕，冷冷地指著穀雨，說著，這個人啊，是周諭齊的哥哥，是當初傷害妳的人之一，他隱藏身分待在妳的身邊必然包藏禍心。

「程安。」我凝望著地面上的、變形的影子，緩慢地拋出言語。「我很喜歡穀雨，明明知道他和我之間有一道裂縫，想要跨越就必須付出代價，可是我依然往前走了。」

我們都必須往前走。

因為停滯的時間逐漸將我們醃漬成為另一種模樣。

「謝謝你為了我獨自背負這麼沉重的秘密。」

程安的淚水滴落在他的膝上。

我輕輕靠著他的手臂，蘊含疼痛的顫抖清晰地傳遞而來，我們終於能夠好好地跟周諭齊告別，也終於能、緩慢地踏過那一段厚重的時光。

——路蕎姐，妳知道嗎？妳跟程安哥是我生命中最美好的一道光。

——應該是兩道吧。

——對耶。所以我啊，擁有的比自己想像的更多。

——以後會有更多的光聚集在你的手裡，你也會成為某個人的光。

——感覺要蒐集很久。

——不用急，你還有很多時間啊。

我吃光了保鮮盒裡的料理。仔細地將盒子清洗乾淨，忽然我意識到，當洗碗精被沖洗殆盡之後，關於穀雨的一切，便真真正正地消失在這間屋子裡了。

在我們生命中大多數的事物都是如此，隨著時間逐漸淡化消散，最後不見。

關於穀雨的一切，也終究會褪色風乾成一片乾燥無水的記憶碎片吧。

……但我不想。

我不想錯失鮮豔的他。

擦乾手，抓起餐桌上的鑰匙和錢包，我快步走出家門，快一點、再快一點，無論我們擁有再多的時間，這世間有太多晚了一秒鐘便會永遠錯過的事。

幾乎沒有停歇地我跑進椅子店，便當吃到一半的老闆默默望向我，又趁隙塞了一口飯之後，才起身招呼我。

「訂金不是退了嗎？」

「我要買。」

「一個來退，一個來買，吵架了？」

「椅子。」我氣勢高昂地重複一次，不理會老闆的打探，掏出錢包，用更有氣勢的口吻繼續說。「分期。」

老闆笑了。

分明是嘲笑我。

他指了右側走到深處一隅，「給妳分六期，不含運。」

「五期，含運。」

「昨天有個客人好像很喜歡……」

先坦露真心的人就輸了。

無論「那個客人」是否存在，我都注定是賭不起的人。

「妳發誓會好好對待這張椅子。」

「這是你們店裡買椅子的儀式嗎？」

「不是，是針對你們。」老闆非常不客氣地哼了聲，「一下子退貨，一下子來買，椅子不是你們的籌碼，它是一張很好的椅子，值得擁有會善待它的主人。」

「你是一個好老闆。」

「拍馬屁也不會有折扣。」

「我會好好照顧這張椅子，我保證。」

最後我帶著乾癟的錢包，和討價還價借來的推車，帶著這一張我依舊看不明白的黑色椅子，緩慢地回家。

回家。

無論穀雨是不是會再回來，在那間他曾經居住過的屋子，都會有一張屬於他的椅子。

椅子店和家裡的距離不到十五分鐘，我把它擺在窗台邊，仔細地調整好角度，最後親自坐進黑色椅子。

跟原先藤椅是相同的位置，差不多的高度，卻彷彿能夠看見截然不同的風景。

「有點奇怪……」

能看到一點本來必須站起來才能瞥見的紫藤花，我輕輕靠在有些硬實的椅背，視線不期然滑過小滿午睡的軟墊，我忍不住發出喟嘆，長久以來我都在一成不變的風景裡安心度日，不得不錯過紫藤的春夏與秋冬。

韶光易逝。

我慣常用這樣的藉口說服自己停在原地，任由他人來去，於是小滿來了，我替牠準備一張軟墊，穀雨來了，我打掃了二樓房間，接著穀雨走了，我躺在單人床上沒有告別，最後小滿也走了，我只是佇立在原地動彈不得。

我忽然想，也許周諭齊一直等著我和程安把他找回來。

跟有沒有立場、會不會成功沒有關係，他必須知道屬於他的光並沒有熄滅從來沒有熄滅。

「我要把小滿帶回家。」

誰都不能預料到，這會是我再見到穀雨的第一句話。

從程安手上問到穀雨的聯繫方式，我訂了最早的一班車票北上，在尖峰的上班時間，我的到來打斷了他往前邁進的步伐。

大概他注定遲到了。

「小滿怎麼了？」

「牠被帶走了。」我癟了癟嘴，語調悶悶不樂。「小滿原本的主人來找牠。」

「既然是小滿原本的主人——」

「我知道，很久以前牠在另一個地方以喬爾斯的身分生活，牠有牠原本的世界，我沒有任何立場要回牠，但是，牠也曾經以小滿的姿態在我的世界裡存在，對我來說牠就是我的小滿，只要牠願意，我就會想盡任何方法讓牠以小滿的身分跟我一起生活。」

不只是小滿。

藏匿在外套底下的我的手正無法控制地握緊，微微發顫，儘管我以為自己表現得十分鎮定，但穀雨卻沉默地蹲下身替我繫緊鬆脫的鞋帶。

「早餐吃了嗎？」

我搖頭。

比起一切，他總是先關心我有沒有確實地填飽肚子。

我恣意攪亂了他的節奏，他被迫臨時請假，聽見他請同事代理工作時，我別過頭緊緊抿唇不讓自己說出「你回去上班吧」。

穀雨沒有斥責我，反而帶我到附近的早午餐店，自然流暢地替我點了營養均衡的餐點；餐上得很快，避免了我和他之間沉默的尷尬，可是當我叉起花椰菜送進口中，眼淚卻忍不住嘩啦啦地落下來。

「我討厭花椰菜。」

「嗯。」

「也不喜歡沙拉。」

「嗯。」

「但是我喜歡你。」

穀雨似乎是僵住了，漫長並且綿密的沉默迅速覆蓋我們，他握住玻璃水杯的指尖微微泛白。

小諒曾經告訴過我，一旦秘密被揭開了，人便無處可逃，有一些人只有被逼到沒路能退的境地，才不得不直面另一個人的感情。

「湯要涼了。」

「燉煮南瓜要微波嗎？」

「要。微波一分鐘。」

「可是我直接吃掉了。」

「路蕎……」

「我以為周諭齊的生活會慢慢好轉，卻從來沒有親眼確認。」我抹去臉頰和眼角的淚水，轉開話題，終究是不想讓我的喜歡成為他的壓迫。「所以，至少我必須去看看小滿，告訴牠，我想帶牠走，讓牠明白自己是一隻能夠選擇的貓。」

不到三個小時，我又踏上南下的路途，這一次是客運。

穀雨坐在我的右邊，彼此的手在狹窄的位置若有似無地碰觸，彷彿一種拉扯與試探。

空調很悶，我和他之間的空氣更加凝滯，沉默成為兩個人之間最喧囂的聲音，在耳膜放肆地敲打。

「我知道周諭齊的事了。」穀雨猛然轉向我，眼眸流光泛著清晰的震驚。「因為項鍊。」

「……他說是給妳的生日禮物。」

「嗯，但我不喜歡戴項鍊，他說會想找人改成手鍊。」我忍不住苦笑，「很細瑣的事情，關於他的事，其實有很多類似這樣的線索，例如他能跟程安聯絡，為什麼連隻字片語都不留給我，又例如我託程安轉寄一些周諭齊愛吃的零食給他，他卻從來不肯在我面前填寫郵寄單……只要稍微追究就能發覺到處充滿漏洞，但是我害怕一切會因此都裂掉，就說服自己不要過度思考，其實也只是自欺欺人罷了。」

我望著他，在他垂眸之前。

「如果你離開是為了保全秘密，那麼現在沒有秘密了，你會回來嗎？」

他迴避了我的提問，抬手按了下車鈴。

尖銳的鈴聲彷彿代替他的回答。

「路蕎，妳記得亡國公主和敵國戰士的故事嗎？」

「公主的國家已經沒了，她只想好好地繼續生活下去。」

「或許亡國公主能夠原諒一切，但是戰士卻一直記得，是他害公主失去親人，也失去她的國家。」

客運停了，廣播催促著乘客下車，沉悶的空氣一口氣被戳破，乘客爭先恐後地移動、推擠，而我和穀雨成為格格不入的兩個人。

穀雨是一個善良的人。

但我不是。

他以為話說到盡頭了，站起身準備下車，我卻依舊坐在椅子上，抬眼望著他，一個字一個字清晰地說著——

「公主沒有了親人，也沒有了國家，所以，戰士這次要帶走公主所愛的人嗎？」

我是一個卑劣的人。

穀雨總將我當作亡國公主，而他是毀滅我的國度的戰士，但其實他才是背負重擔的末代王子，不斷為自己的無能為力深感愧疚。

他被我推向進退不得的隘口，我卻擺出毫不在意的模樣，無視他的掙扎與糾結，輕輕扯住他的衣袖。

「我的腳麻了。」

假的。

但無論是真是假，穀雨都不會戳破。

「小滿就住在車站附近的那個高級社區。」

「妳像變了一個人。」

「也許是因為我們常常都不是我們自己。」

高級社區很快就到了，公告欄上貼了很久的尋貓啟事已經被撕掉，換上新的走失鸚鵡照片。我和穀雨站在管理室旁面面相覷，後知後覺地意識到，我們根本不知道小滿住在哪一戶。

所幸，管理員記得那張泛黃的尋貓啟事。

但中年女子不在，畢竟是工作日，據說是獨居的她出門了，我想著，討厭寂寞的小滿獨自在高樓層套房一定鬱鬱不樂吧。

我跟穀雨決定坐在大樓中庭等待。

「我應該要想著小滿過得很開心，但現在我卻希望牠悶悶不樂，我才能擁有一點薄弱的理由帶牠離開。」

「人都需要理由。」

「就算牠過得很好，我也還是想跟牠一起生活，這樣不能算理由嗎？」我漫不經心地玩著手指，「小諒就能坦蕩地說出這樣的話，他說人需要找到一個理由才能行動，並不是需要一個理由才有動力，而是需要一個理由來掩飾自己的自私或者卑鄙。」

「他是一個很堅強的人，大多數的人都不願意面對自己的卑劣。」

「包括你嗎？」

「嗯，我甚至更懦弱一點。」

「我也覺得。」我不小心太大力，扯痛了自己的食指，忍不住皺眉。「所以你需要時間。」

踏過時間之後，也許他能累積多一點勇氣，又也許我能成為一個讓他願意反抗懦弱的人，又也許什麼都不會改變。

我們都需要時間才能知曉。

日落之後，中年女子拖著疲憊的身軀踏進中庭，恰巧跟剛咬了一口紅豆餅的我四目相對。

她有些訝異，卻又好像早有預料。

「妳是來找喬爾斯的嗎？」

「我來找小滿。」

女人點頭，示意我跟穀雨跟上，她甚至沒有詢問穀雨的來歷，毫無防備地按下了17樓的電梯鍵。

她轉開鑰匙，門的另一端傳來貓的動靜，躁動的，和我記憶中慵懶的小滿完全不同。門被慢慢推開，映入眼簾的是瘦了大半圈的貓，牠脖子圍著項圈，被牽繩困在客廳的角落。

「小滿！」

我快步衝向小滿，將牠抱往懷中，牠虛弱地叫了一聲，下一刻拚命地鑽進我的懷抱，我只能順著牠緊繃的背安撫，一次又一次，直到牠慢慢冷靜下來。

「牠一直想逃跑，我只能綁住牠。」

「既然牠不想待在這裡——」

「但我只剩下喬爾斯了。」女人頹喪地靠在牆邊，自嘲又苦澀地扯動嘴角。「牠是我先生養的貓，我對貓毛過敏，我們因為貓吵了一次又一次的架，我先生走的前一天，我甚至說出貓跟我之間他只能選一個，沒想到，最後留下的卻是我跟喬爾斯。」

女人無力地嘆息。

悠悠長長，彷彿要緊緊勒住我的脖子一樣。

「你們把喬爾斯帶走吧，我也準備賣掉房子搬走了，困在痛苦的時間裡面久了，如果不是牠逃走了好幾個月，我應該也不會記起來，其實我和牠是可以掙脫的。」

「我會好好照顧牠的。」我頓了一下，「也希望妳能順利。」

「謝謝妳。」

儘管我們都明白，她的痛苦並不是遷徙便能逃離的枷鎖，但她有了掙脫的念頭，並且付出了努力，總有一天能讓困住她的痛苦碎落一地。

我抱著小滿離開牠住了很長一段時間的17樓。

跟女人不是需要告別的關係，她甚至沒有替我們關上門，只是怔怔地望向窗外，穀雨輕輕帶上門，將屬於小滿的過去悉數掩上。

「喵——」

小滿忽然發出尖銳的叫聲，一個用力便掙脫我的懷抱，靈巧地跳進穀雨懷中，整顆腦袋縮進他的肩膀，渾身上下寫滿拒絕我的訊息。

「小滿……」

我輕輕戳了牠一下，換來的是另一聲尖銳的拒絕，無論我溫聲哄了多久，小滿的堅決絲毫沒有動搖。

「等牠氣消吧。」

「但你要回台北吧。」

「先帶小滿回去再說。」

盯著貓瘦弱的背影，我抬頭望向穀雨，也許我們都需要理由，才能在彼此身邊待得更久一點。

我點了點頭。

「嗯，一起回去吧。」

我們的腳步放得很緩。

夕陽將兩個人的影子拉得很長，分明是隔著一段距離的彼此，黑影在某些部分重疊成難以分割的色塊，如同隱喻，又明明白白地昭示。

「你那個時候為什麼會被揍？」

「……是互毆。」

穀雨一臉正經地反駁，我有點想笑，無論是什麼狀況下，似乎他的這份堅持都不能被打破。

「周諭齊的日記提過那些人。」他停頓了好幾個呼吸，尋找著合適的話語。「他的日記跟我過往從阿姨口中得到的訊息完全不一樣，尤其是關於妳，而且日記裡他像是另一個人、過著和我以為的截然不同的生活……我請了長假，想辦法確認每一件他的經歷，但過程中總是會有一些不太善意的人。」

「我在日記裡是什麼樣子？」

「特別美好，不像能真實存在世界上的人。」

「破滅了？」

「其實也沒有。」

我想延續話題，住處的大門卻映入視野，穀雨不斷安撫地順著小滿的背；我一邊注視他們的互動，一邊扭轉鑰匙，漫不經心地想著，兩個人一隻貓的日子那樣近又那麼遠。

一踏進屋，小滿充滿防備地嗅聞著四周的氣味，沒多久牠便跳離穀雨的懷抱，像躁症發作一樣在屋子裡四竄，彷彿必須確認牠的容身之處從未消失。

小滿一跑掉，穀雨和我之間的沉默又悄悄爬了回來。

「喝茶嗎？」

「我該走了。」

他的話尾戛然而止，視線停在窗台邊的那張黑色椅子——容身之處。

那是屬於穀雨的位置。

上面還擺著一本他沒看完的書，彷彿他不過是極其平常的外出，不需要多久便會重新坐回那張椅子，繼續翻看那本我連前三頁都看不完的《追憶似水年華》。

「椅子滿好坐的，你要坐看看嗎？」

「路蕎，我不應該在這裡有任何一張椅子。」

「這裡是我家，那是我才能決定的事。」

「周諭齊日記裡寫，妳是他最美好、最溫暖的光，但我卻是帶給妳黑暗的人。」他轉身，幽深的黑眸直直望著我。「那段時間阿姨有點歇斯底里，我爸藉口工作很少回家，所以阿姨找上我……告妳的律師是我介紹的，汙衊妳的公關費是我出的，甚至知道她寄黑函到妳公司鬧事之後，我也認為那是妳應該付出的代價，既然妳招致了悲劇，承受阿姨的憤怒也是理所當然。」

他垂下眼眸，散發著一種難以言喻的哀傷。

「我甚至利用妳的善意，在這個我不應該踏進的地方，生活了那麼久的一段時間。」

我不喜歡他的語氣。

也沒打算任由哀沉的空氣蔓延開來。

「所以，你贖罪吧。」

他猛然抬起頭，投向我的目光中揉合複雜的情緒，我無所謂地聳了聳肩。

「如果你覺得對不起我，就不要光說不練，那只會讓我覺得你的愧疚很虛偽。」

「妳需要什麼？」

「前段時間家裡有人打掃跟煮飯，我覺得滿好的。」我伸出食指，比出一的數字。「一年。你可以申請遠端工作吧，只要付出一年的勞力，就能把這一切清算乾淨，我也不喜歡有哪個人一直對我懷抱著愧疚。」

「……我可以替妳請家政婦。」

我冷冷地揚起笑，擺出理解的表情，敷衍地點點頭。

「原來你認為我失去的那段人生用錢就能解決，不然，你要不要乾脆開一張空白支票給我？」

「我不是這個意思……」

「不管你是什麼意思，重要的是我接收到的訊息。」

他沉默地嘆息。

無論如何他都掙脫不開這個局面，畢竟這是一個為了捕獲他而設置的陷阱，他其實明白，卻正因為明白，而更進退兩難。

「穀雨，不是，這時候應該喊你周梓霖。」我直直地望著他的眼眸，緩慢而清晰地說著。「這世間上的所有一切，一旦被改變了，無論進行多少努力都不可能回到原點，充其量也只是表面看起來相似而已。所以，收起你那些『只要我遠離路蕎，她的生活就能回到原點』的想法，我所經歷的日子，在你出現之後，已經成為了遇見穀雨之後的模樣，縱使你消失了，那也只是變成穀雨離開之後的生活。所謂的負責，就應該是負責善後，而不是一走了之，那不過就是逃避罷了。」

他垂落在身側的雙手下意識地握緊，彷彿最核心的什麼被狠狠剝開，但這才只是開始，橫亙在我和他之間的一切過去、愧疚、自縛、罪惡，都必須被一層一層地剝離。

「我需要時間考慮。」

「不要考慮太久，我會覺得你沒有誠意。」

一個星期之後，穀雨提著最低限度的行李再次跟我同住。

他重新成為二樓房間的居民，盡責地料理營養均衡的三餐，屋子裡的各個角落也充滿清潔感，廚房時常瀰漫著紅茶和甜點的香氣，彷彿一切和幾個星期前並無二致。

彷彿穀雨依然只是穀雨。

只可惜，春季終究是逝去在季節的輪替之中，下了太多場雨之後，人總是會慢慢忘卻第一場大雨落下的那一天。

穀雨從來不坐那張黑色的椅子，南瓜布丁不再出現在菜單裡頭，星期三的甜點日也擴展成了每日小點，只要讓一切變得稀鬆平常，過往的特殊意義便再也掀不起波瀾。

「不覺得你只是在自欺欺人嗎？」托著臉頰，我側著頭盯著正專心燉煮馬鈴薯燉肉的穀雨。「在意的人才會想盡辦法粉飾太平。」

他沒有回話，卻轉身打開冰箱，扔了幾朵連我都知道不應該放進馬鈴薯燉肉裡的花椰菜。

無聲的抗議。

看不出來他是這樣的男人。

「我不喜歡吃花椰菜。」

「花椰菜很營養。」

「你忘了下一句是什麼嗎？」我輕輕地揚起嘴角，不讓他有逃避的餘地。

「可是我喜歡你。」

「我燙芥菜當配菜。」

從無聲的抗議變成直接的對抗。

滿好的，這也算是一種溝通的進步。

「我也不喜歡芥菜的苦味，我對你的喜歡已經有點苦了，不能讓我的生活多一點甜味嗎？例如放點玉米或是南瓜。」

「攝取太多澱粉對妳不好。」

「你有點自以為是。」我瞇起眼，似笑非笑地看著他，他切菜的動作明顯慢了許多。「擅自決定什麼對我是好的，又什麼是對我不好的，但是我從小就不喜歡交出選擇權。」

如果重來一次，我想，我依然會在那個夜裡帶著無家可歸的周諭齊回家，也一樣會讓被滂沱大雨浸濕的穀雨坐進我的餐桌。

過去的一切非常沉重，但我從來沒有後悔。

「幫我煮玉米濃湯吧，喝起來甜甜的那一種。」我挑釁一般地走到穀雨身邊，抬起指尖輕輕劃過他光滑的臉頰。「奶油加倍，培根加倍，還要淋上兩圈鮮奶油，你越是想辦法端出我討厭的菜色，我的反撲就會更劇烈。」

下定決心冷淡疏離地度過「贖罪的一年」的穀雨，才第三天就被我逼得放棄淡漠的偽裝。

他放下菜刀，側頭斜睨著我……的肚子。

「我不希望妳後悔。」

「後悔那也是開心之後的事。」

「為了一瞬間的開心，用一輩子去後悔，這樣值得嗎？」

「我不知道開心之後會不會後悔。」我的指尖停在他的眼角，「但是，我知道，錯過那一瞬間的開心，在未來的某一天我一定會後悔。」

幾秒的僵持之後，穀雨終究是垂下眼眸，空氣中似乎飄散著若有似無的嘆息。

逼得太緊也不好。

我往後退了一步，正準備離開廚房，卻聽見他說——

「鮮奶油剛好用完了，今天就只放奶油吧。」

「女人好可怕。」

「那你就不要一直談戀愛。」

「戀愛最糟糕的部分就是明知道危險卻依然會踏進去。」

「……你又暈船了嗎？」

「現在不是討論我的部分。」

視訊另一邊的小諒正在拼拼圖，兩千片的羅馬競技場，他既不喜歡枯燥的拼圖遊戲，也對羅馬競技場沒有興趣，卻因為是曖昧對象送的禮物，甘之如飴地犧牲難得的假期。

「妳的行為已經符合情勒的定義了。」

「總之先斷了他逃跑的路徑，再慢慢思考接下來的路吧，一年的時間總能想出一點什麼吧。」

「這不是妳的作風。」小諒把一片連續拼錯三次的拼圖扔到角落，又拿起另一片繼續嘗試。「以妳的智商想不出這種計畫，是程安吧。」

「這不重要。」

「絕大部分的事情都不重要，卻又會在關鍵的時候發揮無法忽視的作用，跟拼圖差不多，少個幾十片一樣能看出圖樣，但終究不一樣。」

「她聽不懂。」

一道散漫的嗓音從我身後響起，程安帶著瞧不起我的表情坐進沙發，我冷哼一聲，卻沒有反駁的餘地。

「徐文諒的意思是，妳用情勒逼他留下來，但不能讓他覺得妳在情勒，而是太喜歡他卻沒有其他辦法，妳喜歡他到願意成為一個卑鄙無恥又齷齪的人。」

「你後半段個人情緒是不是太重了一點？」

小諒終於拼好的右上角，是兩朵輕飄飄的白雲，和整個羅馬競技場毫無關聯的兩朵白雲，卻是拼圖最先完成的一部分。

在我跟穀雨的關係之中，對我而言，他的身分、過去，以及愧疚，是最無關緊要的部分，卻是他和我必須先弭平的波折。

你不需要對我愧疚。這樣的蒼白的言語一點用處也沒有。

每個人心中都有幾個被繞得死緊的結，也許只是一場意外跌倒的一百公尺賽跑，卻足以讓某個人餘生都不能再奔跑。

「我要找到一把剪刀。」

「一年的時間也夠妳自己做一把了吧。」

「也是。」我蹙起眉心，「不過這樣要學打鐵或是剪刀構造之類的技能吧。還要買到設備……」

「乾脆練習新魔法好了。」

「小諒的建議永遠比程安更有用。」

程安翻了大大的白眼，「既然要學新魔法，直接用咒語讓他愛上妳不是更簡單？」

他的話音剛落，我跟小諒的雙眼便充滿不贊同地盯著他，並用沉默高壓包覆著他，直到他瑟瑟發抖。

「你們兩個發什麼瘋啦。」

「不能利用咒語獲得一個人的喜歡，這是規則。」我伸出食指抵住程安的額頭，「施了魔法之後，你得到的喜歡就已經不是喜歡了。」

小諒和程安提著一大袋零食擅自決定要辦一場派對。

雖然我合理懷疑，小諒連夜驅車南下只是為了逃避他的羅馬競技場。

「贖罪派對。」

「簽下一年賣身契的男人，值得一手冰啤酒。」

兩個人全然無視穀雨的黑臉，一搭一唱地討論著贖罪派對要做些什麼好，我朝穀雨聳了聳肩，表示一切跟我全然無關。

「我還有工作。」

「你要學會放下。」

「工作不會消失，但你的當下會流逝。」

小諒和程安一人一邊將穀雨架住，不容拒絕地拉他成為沙發的第三位居民，三個腿長手長的男人擠在兩人座布沙發上的畫面有點難以形容，我打算配一點啤酒再進行思考，伸出去的手卻同時被三隻手阻止。

布沙發居民還真有默契。

「我成年了。」

「沒買妳的份。」

「男人的聚會不需要一個女人。」

「這裡是我的領地。」

於是我得到兩包洋芋片和一罐柳橙汁作為場地出租費，確認我得不到任何一罐啤酒之後我悻悻地上樓，途中遇到一隻擋在樓梯中央的貓，彎下身想抱貓一起回房，貓卻無情地掙脫。

我想起來了，小滿是公貓，牠有贖罪派對的入場券。

「反正也持續不了多久。」

拿出手機設了一小時後提醒的鬧鐘，程安平時不喝酒，小諒酒量不好，在交際的場合我總是替他們擋酒的那一個，依照他們那副不醉不歸的態度，一小時都算高估了。

於是我玩了三場小遊戲，又看了一部海豹的短片，在鬧鐘響起之前我終究是按捺不住偷偷潛下樓。

果然，沙發上躺著一具小諒，程安席地而坐卻已經趴在小諒腿邊呼呼大睡，唯有面前擺著一大堆啤酒空罐的穀雨，面無表情地看著兩個沒用的男人。

「贖罪派對結束了嗎？」

「大概是突然停電強行中止的狀態吧。」

「你居然也會開玩笑，酒精真的是很神奇的東西。」

穀雨似笑非笑地瞥了我一眼，多少還是有點不同的，特別是他染上淺淺緋紅的臉頰，該怎麼說呢，有點引人犯罪。

他安靜地收拾著桌面的殘局，動作很慢，彷彿有些理不清該從哪裡開始整理，大概他也屬於酒量不好的那種男人，卻還佯裝若無其事。

真是性格一致的傢伙。

「贖罪派對具體都做了什麼？」

「猜拳，我贏了喝半杯，輸了喝一杯。」他把沒吃完的魷魚絲仔細地收好，抽空阻止我偷喝杯子裡的啤酒。「『對付壓抑的人就要從根本瓦解他的前額葉』，小諒是這麼說的。」

「理論上是沒錯，下次遊戲規則應該改成你贏了喝一杯，輸了喝兩杯。」

我朝他揚起笑，「雖然你有點委屈，但我是站在他們這邊的，畢竟我想瓦解的，不只是你的前額葉。」

「我去拿被子。」

穀雨轉身正要邁步，我卻拉住他的手腕，注視著他頎長的背影，我無聲地笑了。

從前我總堅信順其自然的感情是最好的，不屬於我的也沒必要費力抓握，甚至調侃過小諒的失戀或許只是一種生命的歸位，卻原來，過往的我不過是體內的喜歡還不夠洶湧。

「我想了很久，想到了一種可能，你真正的心結並不是因為間接傷害過我，而是周諭齊。只是我的猜測，你大概是想著，沒能拉住他的你不應該擁有幸福，又或者更針對性一點，是你不能夠擁有我這個被他當作唯一的光的人。」

我笑了出聲，輕輕的震動晃漾著兩人之間的空氣。

「你真的很自以為是耶，這絕對不是周諭齊想得到的結果。」

穀雨旋過身，像被一道箭矢射中心臟一般，那張漂亮的唇微微張開，話語卻沒能從唇邊逸出。

我移開目光，投往一旁的小諒和程安。

「我很清楚喔，比誰都清楚，畢竟小諒和程安就是這樣，因為我被困在時間裡頭。小諒雖然從以前就是戀愛體質，但這幾年他卻更拚命地去談戀愛，好像想告訴我『人是能不斷跌倒、又不斷振作，然後繼續去愛的』；程安相反，他守著天光，陪著我停在原地，告訴我慢慢來也沒關係。我們三個被一道結界圍住，如果我沒有跨出去，小諒和程安也會一直待在裡面；所以遇到你之後，我想要離開結界了。但人生好像就是無比曲折，讓我下定決心跨越過去那段時間的人，卻又是跟過去有所牽連的人，而且你啊，也一樣困在另一個結界裡面。」

我聳了聳肩，擺出不是太在乎的表情，繼續我長長的言語：「不過那也沒有什麼，就算沒有結界，人也是有各式各樣左右自己決定的原因……我啊，高中的時候有個很喜歡的男孩，我拒絕了他的告白，身邊的每個人都沒辦法理解，可是對當時的我來說，比起戀愛，我更希望能考上想要的學校，我沒有自信能夠兼顧。有一天他攔住我，用很不甘心的表情問我，就不能為了他試試看嗎？我還是拒絕了，後來我想了想，大概是對他的喜歡還不夠多吧，嗯，可能是因果循環，現在的我站在那個男孩的位置，不過我還是幸運一點，至少我還有一年的時間。」

給我的喜歡一點餘地，也給他多一點時間。

我說。

「穀雨，我們都需要時間。」

我往前踏了一步，兩個人的距離近在咫尺，卻分隔兩個不同的結界，擁有不同的時間流速；下一刻，我握住他的手，假使能有那一瞬間可以跨越時空就好了。

穀雨的手有明顯的僵硬和猶疑，思緒轉了一圈，終究沒有掙脫。

「看吧，就像這樣，你一邊告訴自己應該甩開我的手，但另一邊卻貪戀我的溫度，我啊，想試試看用一年的時間，讓你對我的喜歡更多一點，多到讓你足夠打破困住你的結界。」

我沒有說出口，卻相信他能透過我的眼讀到訊息。

周諭齊不應該成為困住你的理由。那對他不公平。對我也不公平。

穀雨痛苦地仰起頭，彷彿試圖將眼底即將流淌而出的河再度傾倒回體內，他的聲音低啞，像帶著風霜，劃破他長久以來披掛的淡漠。

「路蕎，妳知道我見到諭齊的最後一面，他瘦到我幾乎認不出來，我不知道他這麼多年到底受到多少折磨，我卻在他鼓起勇氣問我能不能帶他去美國的時候拒絕了他……我甚至沒有問他原因，而是相信了阿姨的說詞，把他的所有求助都當作一種叛逆……」

河流終於是流進我們之間，緩慢地、形成一個小小的水窪。

於是人便會在這樣看似渺小的水窪中緩慢地溺斃。

我用力地抱住穀雨，安靜地、漫長的擁抱，希望能拋出一條繩索，讓站在水窪中央的他找到離開的方向。

15

很久很久之後，水的聲音終於靜默。

穀雨輕輕地退開我的擁抱，眼角還泛著一抹紅豔，儘管不合時宜，卻透著一種引誘。

我想，或許一步步踏入陷阱的其實是我。

「我去幫他們拿被子。」

「嗯。」

該感冒也差不多都感冒了。

但我們總要給脆弱的男人一點台階。

穀雨快步離開客廳，下一瞬間，我的身後就傳來窸窸窣窣的動靜。

「妳沒有照我寫的台詞演！」

「讓妳直接親他，妳拉他的手是小學還沒畢業嗎？妳要逼出他的衝動，不是真的用一年跟他慢慢耗。」

沙發上的兩個男人不滿地批判我，眼神有些迷濛，卻絲毫沒有醉意。

贖罪派對是一場預謀。

「不過我有個疑問，那傢伙有說過喜歡妳嗎？妳一副『他對我有感情只是不能承認』，但如果這個行動前提是錯的，我們就變成妳誘拐少年的共犯了耶。」

「他年紀比我大！」

「這不重要。」

「哪裡不重要——」

我的話音還沒完全落地，只見眼前的兩個男人以迅雷不及掩耳的速度翻身，一個將身體窩進沙發，另一個將臉埋進抱枕，簡直像鴕鳥的角色扮演。

不好的預感從背後陰冷地飄散而來。

穀雨粗魯地將被子扔向小諒和程安，兩人一動也不動，將裝死進行到底，於是整個客廳剩下的活人就是我，我只能僵硬地轉身，尷尬地扯開僵硬的笑。

「你速度真快。」

空氣微妙地凝滯一秒。

我好像說了禁忌的詞彙，卻無從解釋，只能再度給了他一個微笑。

「他們就喜歡惡作劇。」

裝死的人注定背鍋。這是定律。

穀雨無奈地瞥了我一眼，轉身繼續他未完成的桌面整理，大概是放過我了，但人的劣根性總是如此，一旦發現對方逮住自己的尾巴卻又輕輕放下，第一時間想到的並不是收起尾巴逃跑，而是再次悄悄地試探。

「你也覺得，我直接親你比較乾脆嗎？」

淡淡的眼神朝我掃來，他輕抿薄唇，一個跨步便來到我的面前。

穀雨傾身向前，帶著一股未曾有過的壓迫感，他充滿少年感的臉幾乎要貼上我的，溫熱並且暈染些許酒氣的呼吸撲打在我的鼻尖，他低啞緩慢地問我：

「程安說得沒錯，妳怎麼就篤定我喜歡妳？」

「賭的。」我的睫毛輕輕顫動，一絲隱約的慌張滑過心底。「如果你心裡沒有一點對我的喜歡，我就沒有留下你的理由。我想留下你，不只是因為我喜歡你，而是因為你多少有一點對我的留戀。」

我再怎麼卑鄙，也不可能利用一個人的愧疚來滿足自己的喜歡。不能用魔法來讓另一個人喜歡自己。

轂雨的額頭輕輕靠上我的額頭，有一絲疲憊，也有一絲歡愉。

「路蕎，給我一點時間。」

「……我時間很多。」

不知為何，轂雨低聲笑了，屬於笑的震動清晰地傳遞給我。

我有些歡喜。

這次，是轂雨主動跟我索討時間了。

日子沒有太大的不同。

我幾乎要以為贖罪派對那天的記憶都是一場虛幻的夢境，托著下巴我盯著專注工作的轂雨，自己手邊的資料進度幾乎等於零。

「肚子餓了？」

「我不是小滿。」

轂雨再次將注意力移走，我知道很不應該，但我思考三秒之後決定改口：

「突然餓了。」

「冰箱有南瓜布丁。」

我突然愣住。

立刻站起身快步走向廚房，拉開冰箱，在第二層的中間，整齊擺放著四碗金黃燦爛的南瓜布丁。

其實我沒那麼喜歡南瓜，然而這一瞬間，我卻差點忍不住眼淚。

改變是隱微的。卻也是劇烈的。

一雙修長的手越過我，拿出兩碗南瓜布丁，我抬起頭，他的笑臉就這麼撞進我的視野。

極為日常的。卻如綿密的雨一絲絲一絲絲地滲入心底最深的一處。

「最近的南瓜很甜。」

「有人一起吃會更甜。」

我和穀雨蹲在流理台前舀著南瓜布丁，我悄悄地移近他，右手隨著湯匙的上下擦過他的左臂，有些幼稚，我卻貪戀這般的親近。

「下星期六有空嗎？」

「嗯。」

「如果天氣好的話，去看看諭齊吧。」

冰涼香甜的南瓜布丁滑過我的喉嚨，一時間我說不出話來，甜味蔓延在我的口腔，吞嚥之後卻透著一點苦澀。

我盯著金屬湯匙的反光，扭曲卻刺眼，忽然我想起那段時間家裡沒有任何的陶瓷或玻璃餐具，手裡的湯匙也是那時候買的，因為周諭齊捧著陶瓷飯碗時總是莫名地緊繃，後來我們才知道，那是因為他媽媽隨時都可能起身砸碎他的碗盤。

我怕。

怕周諭齊怨我沒有拉住他，也沒有將他找回來。

「他應該想見妳。」

「你說你沒聽見他的求救，但我也……我親眼目睹了他的痛苦，卻將他留在那裡。」

穀雨溫暖的掌心覆蓋我的手背。

他的視線投向遠方。

「所以，妳更應該去見他，讓他知道，妳還是回來找他了。」

他一直在等著他的光。

「無論是妳、程安，或是我，諭齊始終在等著，所以至少要讓他知道，雖然我們花了很長的時間才抵達，但從來沒有放棄過他。」

晶瑩的淚水滴進南瓜布丁裡。

我一口一口吞嚥那複雜的滋味，淚水卻像不停歇的梅雨，一陣陣滑過臉頰。

「我想抱你。」

沒等穀雨回應，我自顧自地撲進他的懷裡。

穀雨輕緩地拍著我的背，像對待小滿一樣。

「小滿是公貓。」我吸了吸鼻子，不知為何有些生氣。「你們不只同性還跨物種。你們不會有結果的。」

「妳還好嗎？」

「不好。所以你抱久一點。」

至少要比抱著小滿的時間還要久。

真幼稚。

周諭齊應該會聯合程安一起笑我吧。

「氣象預報說星期六會下雨，但家裡有傘，有一把藍色大傘。」

所以我們，一起去見他吧。

氣象預報總是不大準確。

天空灰撲撲的，卻沒有雨的氣味，但幸好帶了藍色大傘，我才能爬完墓園那道彷彿要通往世界彼端的漫長階梯。

「葬在這裡對周諭齊不是很友善，他體力比我還差。」

「變成靈魂之後應該能用飄的。」

「也是。」

「他喜歡海，最高的地方視野很好，不過他以前只去過幾次海邊。」

「程安常常開車載他去海邊寫生，每次回來全身都散發一種鹹鹹的味道，我怎麼抱怨他都不肯立刻去洗澡，寧可坐在陽台邊吹風，還說他在感受遙遠那端的海風。」

「我沒見過那樣的他。」

「人總是會有不同的面貌。」

「謝謝。」

「心懷感激就要付出實質的回報。」我瞇起眼，伸出食指抵住他的嘴唇。「欠我一次。」

他有些無奈。

在我收回手指之後，他幽幽地問：「妳有洗手嗎？」

「你看是海。」

「沿途妳一直都有看見海。」他拉住我，將我帶向另一側。「往這邊走。」

又走了一小段路，穀雨緩慢停下腳步，眼前一座小小的石碑，安放著周諭齊的照片，我有些訝異，又有些恍然，那是我隨手替他拍的。

「他很少拍照，手機裡笑得最開心的就是這一張。」

「笑起來多好看啊。」

「因為遇見妳，他才能有這樣的笑。」穀雨望向石碑上的照片，神情有些飄渺。「每次看見這張照片，我都會想，幸好，他曾經有過快樂的時間。」

儘管短暫。

但他的生命曾經看見過光。

那個下午，我們和周諭齊說了大量的話，有些是記憶，有些是現在的生活，在有海的氣味的山邊，所有的一切或許都能被風吹拂到遙遠的彼端。

對不起，我走了那麼久才抵達你的面前。

「這個給妳。」

「什麼？」

一條手鍊映入我的視野，是當初那條項鍊，穀雨替我戴上手鍊，冰涼的觸感將我拉回現實。

「我請程安進妳房間找出項鍊，既然是生日禮物，就應該改成妳喜歡的樣子，也是諭齊承諾過妳的。」

「以後我會鎖門。」

「妳還是會忘記的。」穀雨將我被風吹亂的瀏海撥整齊，儘管那只是徒勞。

「妳這樣就好，表示妳身邊有讓妳感到安心的人。」

「你在迂迴暗示你會一直待在我身邊嗎？」

「我回答不了妳。」

「不用回答我，反正我已經學會新的魔法了。」

我抬高左手，銀製手鍊映射陰灰午後的微弱日光，也彷彿將光芒彌封在金屬的光澤之中。

周諭齊，我很喜歡這份生日禮物呢。

「時間差不多了。」

「我腳麻了，揹我下山。」側過頭我理直氣壯地提出要求，儘管我渾身上下看不出一點行動不便的痕跡。「男人不能說不行，就算你真的不行。」

穀雨的眉心明顯地攏起，少年般的臉龐卻老成地透露著「我們家小孩很乖的，都是被別人帶壞」的神情。

「下次妳跟程安見面，我一起去吧。」

「才牽過手就要介入我的交友圈了嗎？」

穀雨拒絕接話。

蹲下身，認命地讓我趴上他的背，一步一步慢慢地走下長長的階梯。

「其實那段時間我很痛苦，大概是從周諭齊在我眼前被帶走的那一瞬間開始，我的世界就暗了下來，一切難受的事接踵而來，差一點我都以為自己會再也看不見光。但是啊，我一直都很幸運，有一個能夠遮風避雨的老家，有會痛罵我卻一直擋在我面前的小諒和程安，還有會用尾巴打醒我的小滿……然後，走過這一段路途之後，你來了啊。」

我輕輕晃著腳，趁隙將頭埋進穀雨的頸邊，汲取他的氣味與溫度。

「穀雨，我們改變不了過去，但正因為有這些過去，你和我，才會走到彼此的面前，是吧？」

我們並不需要割捨過去，而是好好地接受並且對待背負著過去記憶的彼此。時間，會慢慢地將我們釀成一顆好吃的梅子。

穀雨沒有承接我的話語，卻又捧住了我的感情，他的聲音藏著一絲哽咽，又有些釋懷。

「餓了嗎？」

「有點。」

「晚餐想吃什麼？」

「清湯麵吧，你第一次煮給我吃的那一種。」

「那太不營養了，我多加一顆蛋吧。」他停了幾秒，似乎正在搜尋記憶。「冰箱還有香菇跟紅蘿蔔。」

「再加下去就跟我想吃的清湯麵是不同料理了。」

「我昨天燙好一盒花椰菜。」

「嗯……」我刻意拉長尾音，彷彿識破他的計謀。「你是不是想聽我說喜歡你？」

「花椰菜健康。」

「不吃花椰菜我也可以說喜歡你，那你、可以說喜歡我嗎？」

穀雨腳步一頓，又似乎只是一個極其自然的換氣，我聽見他的呼吸，不明顯的紊亂透漏他不平靜的心緒。

「再配兩顆醃梅子吧。」

「你不是說不喜歡醃梅子嗎？」

「嗯，我不喜歡醃梅子。」靠在他的頸邊，我太過貼近地感受到他的笑意。

「但我喜歡妳。」

我的心跳漏了一拍。

抿著唇卻藏匿不住迸發的喜悅，我收緊了抱住他脖子的雙手，忍不住又晃了晃腳。

「從今天開始每天都吃兩顆醃梅子。」

「那些梅子只夠妳吃兩個月。」

「再醃新的就好了啊，畢竟你有一雙奇蹟般的手，能醃出奇蹟般的美味梅子。」

只需要一點時間。

我們就能慢慢走到彼此的身邊。

番外・穀雨

01

見她的日子總是下著雨。

她坐在簷廊下拉著貓的尾巴，似乎正在跟貓說些什麼，貓不耐煩地別過頭，她卻笑得格外開心。

像劃破陰鬱天空的一束光。

如同弟弟日記中記述的那段歲月，灰濛濛的日子裡漫進一道溫暖的光，縱使驅不散霧氣，也讓人有了前行的勇氣。

其實他也只是想親眼見見路蒿是個什麼樣的人，卻沒料想到，從那之後他總會開上幾個小時的車，只為了從遠處安靜地看她幾眼。

他沒想過自己會這麼狼狽。

弟弟的日記偶爾鉅細靡遺，偶爾又斷裂零散，他將能請的假都用了，下定決心好好拼湊那段誰也說不清的記憶，但他不確定那究竟是為了弟弟，又或者是想從中多窺見一些路蕎的面容。

沒想到，這次路蕎的臉卻真真切切地映現在他眼前，只是不巧，在他被揍倒在地瞬間。

他有一點懊惱，不確定是因為他不應該出現在她生活之中，又或者是不希望被目睹不堪的模樣，但終究化作一份幸好，幸好她來得晚了一些，沒聽見那些人口中詆毀她和弟弟的言語。

「快走！」

在他回過神來，才發現自己竟拉著她的手在滂沱大雨中拚命地奔逃，冰冷的雨水狠狠撲打在他的身上，他卻只感受到掌心之中那份溫度。

很久以後他才明白，在最初的那一刻，有些奢望便已悄悄在他胸口埋下種子。

03

他成為了穀雨。

恰好是他入侵路蕎生活那天的節氣，春天的終結，或許自己的存在便蘊含著不祥的氣息；路蕎似乎察覺到他的壓抑，在某個下著雨的午後，在嚷著想吃草莓派之後，若無其事地談論起「穀雨」。

「穀雨這個節氣之後，降雨就會開始變多，嘩啦啦的，像這段時間一樣下個不停，連出個門都麻煩得要命，但是啊，對農民來說，這些雨水卻是一種恩賜，剛插秧的稻苗特別渴望水分……很多時候，我們以為自己會帶來一場氾濫成災的暴雨，但只要稍微耐心一點，經過一段時間之後，我們會發現自己帶來的雨水滋潤了那些作物，在它們最需要的時候，給了他們一場雨。」

穀雨，我們都需要時間。

路蕎不止一次這麼對他說。

而他，也漸漸地奢望起能擁有更多一點成為穀雨的時間。

04

雨終究會停。

路蕎柔軟熱燙的唇畔在他的下巴烙下一抹印記，那一瞬間，他的內心再也承受不了自欺欺人的拉扯。

他的存在本身便是一場欺瞞，他是不該踏進舞會的灰姑娘，但他的貪戀卻讓彼此慢慢越界，並越陷越深。

告別從來不是突如其來。

「記得把門鎖好。」

他沒說再見，路蕎也沒有挽留，彷彿誰都明白這便是他們的終點。

打在身上的陽光非常炙熱，他卻感覺有些冷，每一步都忍不住想折返走回那個溫暖的所在，他卻只能一步一步地往前。

05

「我要把小滿帶回家。」

原以為兩個人在別離之後便再也不會相見，沒想到沒過多久，路蕎便以坦蕩果斷的姿態站在他的面前，她口中說的是小滿，他卻彷彿聽見路蕎的聲音——

「穀雨，我來帶你回家。」

那一瞬間，他幽深的眼忍不住泛酸，必須用盡所有力氣才能遏制住自己掀起劇烈波瀾的心緒。

曾經擁有過光的人，往後的每一秒鐘，都會無比冀盼著光的溫暖。

06

他和小滿重新回到路蕎在的那個家。

有一張椅子。

黑色的、曾經他懷抱奢望自私下訂的品牌椅子，他非常仔細地保存著訂單，特意又跑了一趟家具店，額外給了一筆押金，作為未來退款的賠償。

老闆似乎看穿了什麼卻默默收下那張嶄新的一千元，又交給他一張發皺的五百元。

「押金不會退，就算最後椅子買回去也不會折價。」

「我知道。」

「如果那個女孩子知道會生氣吧。」老闆似笑非笑地看向他，「她看起來就很小氣的樣子。」

「她應該會生氣，但她從來就不是一個小氣的人。」

畢竟，她心疼卻還是從錢包裡掏出三千元訂金的模樣，到現在他依然能清晰地記起來。

如同她曾經守護住周諭齊，承受了許許多多她不必擔負的傷害，卻一次也沒有埋怨，甚至未曾後悔。

但他後悔了。

假使他當初不妄下斷言，任由繼母恣意地傷害她，又或者更早一點，他好好地拉住墜落的弟弟，是不是今天他就能擁有牽住她手心的資格？

可惜時間無法回溯。

她和他畢竟已經走到了這裡。

路蕎變了。

她以強勢並且霸道的姿態將他留在身邊，他有一點困惑，更多的卻是卑劣的竊喜。他不值得，也沒有資格。

這些日子他每一刻都處於如此的拉扯，耽溺於路蕎的溫柔，卻又痛恨自己的卑鄙。

「不覺得你一直在演一場獨角戲嗎？但觀眾只有路蕎。」

程安搖晃著雙倍濃縮咖啡，馥郁的香氣瀰漫在光線微弱的地下室，不知為何，他和程安在扯破了弟弟不在世上的布幕之後，兩人成了偶爾會一起喝咖啡的關係。

「我不知道該怎麼做才好。」

「人其實都知道自己該怎麼做。」程安嗤笑一聲，有些嘲諷。「不過只是膽小。」

程安說得沒錯。

從弟弟離去那天起，他便失去了勇氣。

他沒能成為弟弟生命裡的光，甚至傷害了弟弟心中小心呵護的那束光，任由她承受苦痛，獨自在時間中舔舐著本不應該有的傷痕。

但路蕎卻只是輕輕揚起笑。

「很痛喔，但我不後悔，正是我們經歷的一切才讓你和我成為這一刻的我們，過去的時間釀成了現在的我們，這沒有對錯的問題，硬要說的話，大概會是好不好吃的差別。」

她笑著，溫柔得讓人幾乎要落下淚水。

「如果是穀雨的話就不用擔心了，畢竟你有一雙奇蹟般的手，能醃出奇蹟般的美味梅子。」

那想必，也能釀出美味的「我們」吧。

他終於成為了穀雨。

四季又流轉了一個輪迴，時間彷彿遠去，又彷彿走近，其實誰也說不透。

他和路蕎牽著手慢悠悠地逛著市場，他看著路蕎在與老闆娘的殺價來往中壓倒性地落敗，除了梅子之外又不甘心地帶走一根蘿蔔和一把小白菜，但臨走之前，老闆給了她一小袋自家製的蘿蔔乾。

「很好吃喔，醃的時間剛剛好。」

路蕎開心地眼睛都瞇了起來，跟小滿曬太陽的表情一模一樣。

「這麼開心？」

「嗯。」路蕎捏了捏他的掌心，「所有一切時間剛剛好的存在，都值得讓人開心。」

「畢竟是一種奇蹟。」

「是啊，奇蹟。」路蕎抬起頭，無比認真地凝望著他。「所以，我和你在一起的每一個瞬間，都是奇蹟喔。」

因為我們在剛剛好的時間，遇見了剛剛好的彼此。

後記

01

我們都需要時間。

這是路蒼不斷告訴穀雨的神秘咒語，也是我希望能傳遞給各位讀者的咒語。

我們總是在追趕著生活，必須再快一點、再快一點，用盡力氣試圖觸碰到所謂的前方，卻忘了某一部分速度不夠的我們還落在過去，在往後的某一天，我們終究必須回頭找回那些自己。

慢一點也沒有關係。

我們、只是需要一點時間。

02

我很喜歡這個故事。

特別喜歡路蕎和小諒、程安之間的互動，尤其是稀釋悲傷的儀式。

沒有刻意營造，寫到他們三個的時候一切就彷彿非常自然，無論是打算在葡萄糖裡加進濃縮咖啡，或是看戀愛片互相攻擊，那像是一種日常，簡單的，卻彌足珍貴。

03

最後依然要謝謝各位。

在漫長的時光之後陪我繼續慢慢往前走。

Sophia

雨落下的那一天，你朝我走來

You Light Up My Life

Sophia
作品集 17

國家圖書館出版品預行編目資料
雨落下的那一天，你朝我走來／Sophia 著.
一 初版. 一 臺北市：春天出版國際, 2024.07
面；公分. 一（Sophia作品集；17）
ISBN 978-957-741-822-7（平裝）
863.57 113002817

ISBN 978-957-741-822-7

作　者　Sophia
總編輯　莊宜勳
企劃主編　鍾靈
責任編輯　黃郁潔

出版者　春天出版國際文化有限公司
地　址　台北市大安區忠孝東路四段303號4樓之1
電　話　02-7733-4070
傳　真　02-7733-4069
E－mail　frank.spring@msa.hinet.net
網　址　http://www.bookspring.com.tw
部落格　http://blog.pixnet.net/bookspring
郵政帳號　19705538
戶　名　春天出版國際文化有限公司
法律顧問　蕭顯忠律師事務所
出版日期　二〇二四年七月初版
定　價　299 元

總經銷　楨德圖書事業有限公司
地　址　新北市新店區中興路二段196號8樓
電　話　02-8919-3186
傳　真　02-8914-5524